j1 = 30

j2 =

j3 =

j4 =

j5 =

H.Ô.T.E.L SUMMERTIME

Titre original : *Hotel Summertime*, Book 1

87, quai Panhard-et-Levassor – 75647 Paris Cedex 13
ISBN : 978-2-9169-0005-6

Louise Byron

H.Ô.T.E.L
SUMMERTIME

Amy

Traduit de l'anglais par
ANAÏS GOACOLOU

Flammarion

Avec mes remerciements à Clare Whiston.
Pour ma bande, Stuart et Iris.

1

Amy s'arrêta au milieu du chemin poudreux et tira de sa poche de jean un bristol froissé. Un peu aveuglée par le soleil de fin d'après-midi, elle lut pour la dixième fois :

À l'attention de Tanya Morley et Amy Gordon
Vous êtes invitées au treizième anniversaire
de Lucas Richard
au domaine du Nouveau Manoir
Barbecue, sono et feu d'artifice
de 18 h 30 à tard dans la nuit

Amy s'adressa à Tanya, qui marchait quelques pas devant elle.

– Tu es sûre que c'est le bon chemin ? s'inquiéta-t-elle, dégageant d'un souffle les boucles de cheveux châtains qui lui retombaient sur le visage pour regarder alentour. Je suis sûre qu'on est passées devant cet arbre il y a trois minutes.

Sa demi-sœur marqua une pause et lui lança un regard noir par-dessus son épaule.

– Si tu me crois pas, tu n'as qu'à partir de ton côté.

– C'est pas ça, dit aussitôt Amy. J'avais juste peur qu'on ait tourné au mauvais endroit sans le faire exprès.

– Eh bien non. Le domaine est après le prochain virage.

Amy rattrapa Tanya, qui s'était accroupie devant des jacinthes sauvages nichées dans l'ombre et sortait un appareil photo.

– Et d'abord, ce n'est pas moi qui voulais aller à cette fête débile, marmonna encore Tanya.

– Bon, je te rappelle pourquoi on y va. Et d'une : on est au début des vacances d'été, et c'est notre première occasion de faire un truc sympa. Et de deux : il y aura des grillades et je meurs de faim. Et de trois : sinon, on reste une fois de plus au cottage, à jouer au Scrabble avec tes grands-parents et mon petit frère !

Tanya répondit par un haussement d'épaules.

« Et de quatre, pensa Amy, je ne pense pas pouvoir survivre à ces vacances avec toi pour seule compagnie. »

Elle essayait à toute force de garder le moral, mais elle avait commencé à perdre patience envers cette « sœur » qui lui tombait du ciel. Cette invitation paraissait l'occasion rêvée de lui changer les idées après ces quelques journées d'un ennui mortel, de rencontrer du monde... voire de libérer Tanya de sa mauvaise humeur, qui sait ? Pour l'instant, en tout cas, celle-ci semblait bien décidée à gâcher tous les bons moments. Mais Amy ne s'avouait pas vaincue.

De lointains échos de musique se mêlaient maintenant au murmure de la brise.

– Tu entends ? s'exclama-t-elle. En fait, tu as raison, on doit être tout près !

Tanya leva les yeux au ciel et rangea l'appareil dans son étui. Elle se releva en soupirant :

– Qu'est-ce que je te disais ?

– Alors, tu viens ? fit Amy avec un sourire plein d'espoir.

– Mouais, grommela Tanya.

Se guidant au son de la musique, Amy descendit une pente douce et traversa une haie d'arbres touffue qui tournait vers la droite. Tanya suivait sans enthousiasme. Elles arrivèrent à une barrière, qu'Amy franchit pour déboucher dans un champ. À l'autre bout, on apercevait un complexe étendu de bâtisses.

– Waouh, souffla Amy.

Le domaine agricole du Nouveau Manoir était imposant. Il comprenait trois grandes granges et plusieurs dépendances avec des meules de foin devant. On avait dressé une grande tente de réception au milieu du champ, étincelante dans la lumière déclinante. Le portail était décoré de ballons de baudruche et on distinguait des boules à facettes qui envoyaient des éclairs bleus et violets depuis l'intérieur. D'un côté du chapiteau, des ados se tenaient autour d'un barbecue, plongés dans des conversations animées qu'on entendait depuis le champ.

– Mes copines de Londres vont être trop jalouses quand je vais leur raconter ça ! s'écria Amy. C'est pas génial, cette fête ?

Pas de réponse. Amy se retourna, pour découvrir que Tanya avait disparu. « Mais qu'est-ce que... ? » Elle regarda par-dessus la barrière qu'elle avait gravie, se protégeant les yeux pour parcourir du regard le bois sombre. Là, elle entrevit un éclair blanc et rouge sous un buisson de houx, et poussa un soupir.

– Je vois tes baskets.

Tanya s'extirpa de sa cachette.

– Franchement, c'est pas mon truc, maugréa-t-elle, les yeux baissés. Je préférerais rentrer chez moi.

Elle était l'image même de la désolation. « Ce n'est pas que la fête », pensa Amy. Trois jours plus tôt, le père d'Amy avait épousé la mère de Tanya. Avant cela, elles ne s'étaient vues que quelques fois, et d'un coup elles se retrouvaient dans la même famille. Évidemment, on aurait voulu qu'elles deviennent les meilleures amies du monde du jour au lendemain. C'était difficile pour toutes les deux de s'habituer à la situation. Amy prit une grande inspiration.

– Écoute, Tanya, je sais que c'est bizarre, toute cette histoire. Mais bon, je ne suis jamais venue ici, alors que toi, tu vas chez tes grands-parents tous les ans. Je ne connais personne d'autre de notre âge. On est plus ou moins de la même famille, maintenant, non ? Alors on devrait se serrer les coudes.

Sous sa frange brune épaisse, Tanya lui lança un coup d'œil. Amy crut bien qu'elle allait acquiescer, mais elle secoua la tête.

– Je peux pas encadrer Lucas, et à mon avis, il me déteste aussi.

– Il ne t'aurait pas invitée s'il ne t'appréciait pas un tout petit peu, quand même.

Tanya haussa les sourcils et afficha un air sceptique.

– Tu ne le connais pas.

– On pourrait juste y passer une petite heure ? proposa Amy.

Avec un geste d'impuissance, Tanya céda.

– OK, OK. Une heure, et je m'en vais. Avec ou sans toi.

Elle franchit la barrière, puis dépassa Amy pour se diriger vers le chapiteau blanc qui reflétait le soleil plus loin.

Amy esquissa un sourire. « Bon, c'est un début », se dit-elle en emboîtant le pas à sa demi-sœur.

Elles passaient à côté des dépendances quand Amy aperçut un éclat métallique. Dans l'un des bâtiments, se trouvait une rangée de voitures décapotables reluisantes, avec à l'avant une Mercedes noire aux lignes élégantes. Quelque part derrière, on entendit le grondement d'un moteur et tout à coup, une mobylette apparut. Perché dessus, un garçon maigre et dégingandé poussait à fond l'engin dans le champ... et se dirigeait droit sur elles !

Amy étouffa un cri. D'un geste instinctif, elle attrapa le bras de Tanya et plongea de côté. Le garçon avait à peu près leur âge. Il était à moitié debout sur la mobylette, penché sur le guidon, son tee-shirt gonflé d'air. Il se rapprocha, et Amy remarqua le même logo de marque sur son tee-shirt et sa casquette. Il tira sur le guidon pour tenter une roue arrière. Le véhicule dévia sur le côté et le garçon retomba pesamment sur la selle, pour s'arrêter en catastrophe juste à l'endroit où se tenaient Amy et Tanya quelques secondes auparavant. La mine satisfaite, il coupa le moteur.

Amy était bouche bée. « Il a failli nous foncer dessus ! » Mais avant qu'elle ait pu retrouver l'usage de la parole, le garçon ôta sa casquette d'un geste cérémonieux et s'inclina par-dessus son engin.

– Mesdemoiselles, s'exclama-t-il. Bienvenue à la fête du siècle !

Il y avait dans ses yeux bleu vif une lueur espiègle. Tanya enfonça les mains dans les poches de son short et le désigna d'un signe de tête.

– Amy, je te présente Lucas.

– Oh, fit Amy, décontenancée. Salut, merci de nous avoir invitées.

– *No problemo*. D'ailleurs, je vous ai pas vraiment invitées, ajouta Lucas en dévisageant Tanya d'un air entendu. C'est papa. Il aime connaître tout le monde dans le village. Il faut dire qu'il possède presque tout ici.

Avec un rire dédaigneux, il remit sa casquette. Amy ne sut pas quoi dire pendant un instant.

– Euh, c'était gentil de sa part, alors.

Il y eut une pause gênée. Lucas ajustait sa casquette pour s'assurer que la visière était bien centrée. Amy jeta un coup d'œil à Tanya, qui le dévisageait avec hargne. « Pourvu qu'elle ne gâche pas tout », pensa-t-elle.

– Elle est à toi, cette mobylette ? demanda-t-elle dans l'espoir d'alléger l'atmosphère. J'aimerais bien que mon père me permette d'en avoir une.

– Ouais, papa est cool, tu vois, fit Lucas d'un air dégagé. Et j'assure trop dessus. Regarde un peu.

Il remit le contact et le moteur rugit à nouveau. Il reprit de la vitesse et décrivit un cercle serré autour d'elles, avant de freiner d'un coup tellement sec que la roue arrière s'embourba. La rotation forma un geyser de boue qui gicla sur Tanya.

Celle-ci poussa un cri. Sa joue était couverte de boue et son tee-shirt blanc taché.

– Tu as vu ce que tu as fait ! explosa-t-elle. T'es vraiment débile !

– T'es vraiment débile, imita Lucas d'une voix haut perchée ridicule.

– C'était pas drôle, intervint Amy.

– C'est mon champ, c'est ma gadoue, et je fais ce que je veux avec. Le village appartient à ma famille.

« Mais il se prend pour qui ? »

– J'en ai rien à faire, répliqua Amy tout haut, le gratifiant d'un regard noir. Ça ne veut pas dire que tu es autorisé à faire n'importe quoi.

– Ben en fait, si, fit Lucas avec une moue arrogante.

Amy secoua la tête avec dégoût et se retourna vers Tanya, mais celle-ci repartait déjà en trombe vers la forêt.

– Tanya, attends !

Elle tourna la tête vers Amy un instant.

– C'est ta faute ! cria-t-elle, les joues toutes rouges et les mains tremblantes. Je t'avais dit que c'était une mauvaise idée de venir, mais tu veux rien entendre ! Eh bien, cette fois-ci, écoute : on a atterri dans la même famille, ce n'est pas pour autant qu'on est amies.

Elle partit pour de bon et Amy, peinée, hésita à la suivre. Elle sentit des larmes de douleur et de frustration poindre au coin de ses yeux, mais les chassa d'un battement de cils avant que Lucas ne s'en aperçoive.

– Chaque été, elle est plus pleurnicharde, fit le garçon avec un reniflement dédaigneux. De toute façon, je ne voulais pas d'elle à mon anniversaire.

Sur ce, il s'élança dans le champ. Amy, qui se demandait encore si elle devait se jeter ou non à la suite de Tanya, le regarda accélérer. C'est alors qu'il heurta une bosse et fut projeté en avant. La mobylette vira de manière incontrôlée.

Paniquée, Amy le regarda partir droit dans le bâtiment d'en face.

Ses pieds raclèrent le sol, mais l'engin ne ralentit pas. Arrivé quasiment au mur, il fit enfin un écart, et ne heurta qu'un tas de meules de foin. Catapulté par-dessus le guidon, Lucas s'enfonça entre deux meules dans un hurlement.

— Lucas ! Tu vas bien ? s'écria Amy en accourant.

L'engin était resté couché sur le côté, le moteur encore en marche et le guidon tordu. Amy essaya avec frénésie de tirer sur une meule. Elle ne distingua que le haut du crâne du garçon, qui ne donnait pas signe de vie. Alarmée, elle sortit son téléphone, prête à appeler les urgences, quand elle l'entendit bouger.

— Lucas ?

— Je vais bien, marmonna-t-il.

Avec des grognements, il s'extirpa lentement du tas de foin. Il était pâle et tremblant.

— Tu es sûr ? s'inquiéta Amy. Tu devrais peut-être voir un médecin...

— Je viens de te dire que j'allais bien ! C'est peut-être toi qui as besoin de consulter. Pour tes oreilles.

Lucas chercha sa casquette, qui avait volé à quelques mètres de là. Il la ramassa et la revissa fermement sur son crâne. Quand il se rendit compte qu'elle le regardait toujours, il s'énerva :

– Qu'est-ce que tu regardes ? C'est à cause de cette mobylette pourrie. Les freins sont mauvais, c'est évident.

Amy sentit sa pitié refluer.

– Parfait. Désolée d'avoir eu peur que tu te sois rompu les os.

Elle s'éloigna en rangeant son téléphone dans sa poche. Au passage, elle sentit un papier froissé, qu'elle sortit. C'était l'invitation. Dire qu'elle était toute contente quand Pat, la grand-mère de Tanya, la lui avait remise ! Comment tout avait-il pu mal tourner aussi vite ?

On entendait de la musique et des rires jaillir du chapiteau. Bon, tout ne s'était pas déroulé comme prévu, mais elle pouvait quand même aller à la fête. Ce serait toujours mieux que de suivre Tanya ou de rester avec Lucas. Décidée à tirer quelque chose de positif de cette soirée désastreuse, elle se dirigea vers le lieu de réjouissances.

2

— Waouh, murmura Amy en entrant.

La musique était si forte qu'elle sentait les basses vibrer dans sa poitrine. Une immense piste de danse occupait la plupart de l'espace. Au fond, il y avait un DJ avec des platines. Des boules à facettes projetaient leur lumière sur des invités regroupés sur la piste pour évoluer au rythme de la musique. Un garçon s'essayait à des mouvements de breakdance, encouragé par ses amis qui avaient formé un cercle autour de lui. Il termina sur la tête, et les autres se déchaînèrent, lui tapant dans la main et sur le dos. Amy avait assisté à des fêtes d'anniversaire à Londres, mais en général, ça consistait à se retrouver dans le salon d'un appartement avec des chips, des sodas et éventuellement de la musique en fond sonore. Là, ça n'avait rien à voir.

Tout à coup, elle réalisa qu'il y avait encore autre chose de différent. « Ils sont largement plus vieux que moi ! » Elle s'efforça de ne pas scruter les groupes de jeunes assis à des tables autour de la piste, mais c'était difficile. Tout le monde était tellement bien habillé ! Elle se sentit rougir en regardant sa tenue : un short en jean élimé et un sweat gris à capuche. L'un des garçons assis près d'elle, âgé d'environ seize ans, vêtu d'une chemise vert clair et d'un pantalon impeccable, avait le bras négligemment posé sur l'épaule d'une jeune fille longiligne qui portait une charmante robe d'été et des talons hauts. Amy repensa à Lucas, maladroit et maigrelet, qui faisait ses tours de mobylette un peu plus loin. Ce n'étaient sûrement pas ses amis. Était-ce M. Richards qui les avait conviés, eux aussi ?

Elle traversa la foule et finit par arriver à une table couverte de petits-fours et de boissons. Il y avait une fontaine à chocolat à une extrémité, et à l'autre un énorme gâteau à cinq étages. Elle prit une canette de Coca dans un seau de glace et but une longue gorgée avant de se diriger vers l'extérieur. Le soleil était juste en train de disparaître derrière la grande tente. Elle se guida aux cris et aux rires, puis sourit en découvrant où était rassemblé tout le monde. « C'était évident, qu'il avait une piscine. » Des équipes mixtes jouaient au volley dans l'eau claire et étincelante, avec de grands éclats de voix. On sentait la délicieuse odeur de grillades et elle se dirigea vers le barbecue, où elle se servit un hamburger débordant de ketchup et d'oignons frits.

Elle commençait à se sentir bête de n'avoir personne à qui parler, et repéra un garçon et une fille assis sur un muret. Contrairement aux autres, ils avaient l'air d'avoir son âge et portaient des jeans et des sweats. La fille, qui arborait une mèche rose dans ses courts cheveux châtains, était penchée sur son téléphone. Le garçon avait des lunettes à monture épaisse et des boucles brunes qui lui tombaient dans les yeux. Il sirotait une canette de limonade en observant la scène. En croisant le regard d'Amy, il lui adressa un demi-sourire. Elle s'avança :

– Salut, fit-elle, pas très à l'aise tout à coup. Ça vous dérange pas si je m'assois là ?

La fille, occupée à pianoter sur son téléphone, ne parut pas entendre, mais le garçon se poussa pour lui laisser la place.

– Mais non, vas-y.

– Merci. Je m'appelle Amy.

– Tu es nouvelle ici, non ?

– Oui. Tu vois où est Apple Cottage ? J'y suis pour deux semaines.

– Chez Pat et John Morley ?

– Tu les connais ?

– Oh, oui, répondit-il avec un sourire. Tout le monde se connaît, à Foxwood, alias le trou le plus ennuyeux du monde. Je m'appelle Callum, et là c'est Eva.

Il donna un coup de coude à son amie, qui sursauta.

– Ah, pardon. Enchantée.

– Alors, vous êtes des amis de Lucas ? demanda Amy.

– Ça va pas, non ? répondit Eva. À mon avis, la famille Richards a invité tout le village. Et tout le monde est venu parce qu'il n'y a littéralement rien d'autre à faire dans le coin.

– Voyons, tu n'es pas au courant que c'est « la fête du siècle » ? s'offusqua Callum, d'un ton hautain qui rappelait étrangement Lucas.

Amy éclata de rire.

– Ici, ce sont quasiment tous des amis de Carissa, la sœur de Lucas, expliqua Eva en désignant une fille en maillot de bain, aux cheveux du même blond que ceux de Lucas. On ne la voit presque plus, maintenant qu'elle a le permis, mais apparemment, ce soir, elle a amené ses copains de la ville.

– Oh-oh, voilà le roi de la fête, annonça Callum.

Lucas fonçait dans la foule, puis il apparut au bord de la piscine. Il avait revêtu un caleçon de bain et exhibait une vilaine égratignure au mollet.

« L'accident de mob, pensa Amy. Il a dû se faire plus mal qu'il ne voulait l'avouer. »

Lucas, rayonnant, courut vers la piscine en criant :

– C'est d'la bombe, bébé !

Il se roula en boule et se jeta dans la piscine. La gerbe d'eau qui jaillit éclaboussa la nourriture entreposée à côté du barbecue ainsi qu'un groupe de filles en tenue de soirée. Lucas revint à la surface et recracha de l'eau, visiblement ravi d'entendre les cris et les protestations qu'il avait causés.

– Et voilà pourquoi on n'est pas potes avec Lucas Richards, conclut Eva sèchement.

– Il n'y a que Lucas pour saboter son propre anniversaire, dit Callum avec un hochement de tête incrédule. Bon, ça vous dit de dégager d'ici, toutes les deux ? Le Buttercup Café sera encore ouvert.

– Ça marche.

Eva ramassa un skateboard décoré de tourbillons vert fluo posé contre un mur et le prit sous son bras.

– Tu viens, Amy ? insista Callum. Ils font de très bonnes glaces.

– J'aurais encore de la place pour un petit dessert, reconnut Amy avec un sourire.

Elle jeta sa canette dans le sac prévu pour le recyclage et suivit Eva et Callum, qui sortaient par une barrière ouverte sur le côté.

– J'aime bien ton skate, dit-elle à Eva. Il y a un skatepark, par ici ?

– J'aimerais bien. La mairie envisageait d'en construire un près des terrains de sport, mais c'est le père de Lucas qui a acheté l'ensemble.

– Il va y bâtir des appartements, un truc comme ça, précisa Callum. Comme on disait, il n'y a vraiment rien à faire, ici.

Amy repensa avec nostalgie à Londres, où elle habitait. Quand elle n'était pas en train de jouer au foot au parc avec ses copains, ils allaient au bowling, prenaient une pizza, ou bavardaient dans leur café préféré. Elle les imagina là-bas à cet instant, Zoé et Sophie avec leur muffin au chocolat, et Gareth en train de commander un smoothie. Elle aurait bien eu envie d'y être, tout à coup.

Le chemin longeait un grand champ, puis contournait un mur de pierre délabré et débouchait sur la place du village. Le ciel était maintenant baigné de tons orangés et roses, et un à un, les lampadaires s'allumèrent, pour éclairer de lueurs chaleureuses les groupes de petites maisons et boutiques. Au centre de la place se trouvait une petite tour de l'horloge adossée à un monument aux morts, et Amy se souvint d'avoir déjà vu cet endroit : c'était l'image de la carte envoyée par la mère de Tanya, punaisée au tableau de liège de la cuisine. *Chers*

Peter, Amy et Thomas, disait son écriture tarabiscotée. *Voici donc Foxwood, le petit village où j'ai grandi ! Tanya et moi, nous attendons le mariage avec impatience. Bons baisers, Cathy.*

À côté de l'horloge, des jeunes de leur âge étaient assis sur un banc, l'air désœuvré eux aussi. « Comment vais-je survivre deux semaines dans ce patelin ? » s'interrogea Amy.

— Quoi, déjà ? s'exclama Eva en désignant l'horloge.

L'air soucieux, elle marmonna quelque chose qu'Amy ne comprit pas et jeta son skateboard à terre pour se jucher dessus.

— Désolée, lança-t-elle en s'éloignant sur la place. Faut que j'y aille !

Elle prit un virage et disparut.

— Bon, on ne l'aura pas vue longtemps, commenta Amy.

— C'est tout Eva, répondit Callum. À un moment, elle veut traîner avec toi, et au suivant elle doit être autre part.

— Ce n'est quand même pas une fête ultracool dont on ne connaîtrait pas l'existence ? plaisanta Amy.

— Si seulement ! s'esclaffa Callum. Remarque, même si c'était le cas, je ne serais sans doute pas autorisé à y aller. Si mes parents m'ont laissé venir ce soir, c'est uniquement parce qu'ils essaient de vendre le fromage de notre ferme au supermarché de M. Richards, en ville.

Amy traversa la place avec Callum, jusqu'à un édifice à colombages dont le panneau annonçait « Buttercup Café »[1] avec un bouton-d'or dessiné en dessous. Ils entrèrent. Un comptoir chromé courait le long du mur, faisant face à deux petites tables flanquées de banquettes. Les meubles étaient crème et rouge, et de vieilles photos de stars de cinéma ornaient toute la pièce. On ne voyait personne.

– Lottie ? appela Callum. Vous êtes là ?

On entendit un choc sous le comptoir, et une vieille dame se releva en se frottant la tête. Ses cheveux blancs étaient rassemblés en un chignon approximatif, et quand elle se mit à sourire, ses yeux brillèrent derrière ses lunettes.

– Ah, Callum ! J'essayais de réparer ma caisse, mais rien à faire. Il n'y a qu'un truc qui marche.

Lottie attrapa un journal, qu'elle roula sur lui-même pour donner un bon coup sur la caisse enregistreuse. Celle-ci se mit à ronronner, et elle tapa dans ses mains avec satisfaction.

– Alors, qui m'amènes-tu là ? poursuivit Lottie en désignant Amy.

---

1. *Buttercup* signifie en anglais « bouton d'or » (N.d.T.)

– Je m'appelle Amy Gordon. Je séjourne à Apple Cottage, chez Pat et John Gordon, pendant deux semaines. Je suis, euh... leur belle-petite-fille, si on peut dire, expliqua Amy, gênée. Enfin, mon père vient d'épouser leur fille...

Le visage de Lottie s'éclaira.

– Ah, on m'avait dit que Cathy s'était remariée ! Formidable. Tu transmettras mes amitiés à Pat et John. Alors, tu te plais à Foxwood ? Tu passes de bonnes vacances ?

Amy repensa à Tanya en train de lui lancer des paroles blessantes.

– C'est un joli village, dit-elle avec prudence. Callum me fait visiter.

– Et bien sûr, le Buttercup Café est le clou du grand tour de Foxwood.

– Avec des flatteries, tu t'en tireras toujours, répondit Lottie en riant. Ça mérite bien une glace chacun offerte par la maison.

Après avoir salué Lottie, ils se promenèrent dans les petites rues pavées. L'air du soir était encore doux, et le sorbet au citron d'Amy dégoulinait sur son cône. Elle léchait les gouttes qui crépitaient délicieusement sur sa langue, tout en écoutant les commentaires de Callum sur les endroits qu'il lui faisait découvrir.

– Tu vois cette grande colline, là ? On a notre ferme sur l'autre versant. Quand je ne suis pas au collège, je trais les vaches, je nettoie les box des vaches, je nourris les vaches... On peut dire que je parle le « vache » couramment. Voilà pour ma vie... Et la tienne ?

– Crois-moi, c'est moins sympa que taper la causette avec les vaches.

Amy essaya de ponctuer sa réponse d'un rire, mais celui-ci mourut dans sa gorge. Callum s'arrêta de lécher sa glace et regarda la jeune fille avec sympathie.

– Qu'est-ce qui se passe ? C'est le remariage de ton père ?

Amy hésita avant de répondre.

– Oui, finit-elle par dire en se frottant les yeux. C'est vraiment très compliqué. Et sûrement ennuyeux à mourir pour quelqu'un d'autre.

– Tu sais, pour moi, le grand événement, c'est quand mes parents fabriquent une nouvelle sorte de fromage. Tout ce que tu dis est forcément intéressant, je t'assure.

Amy s'assit sur le rebord du trottoir et entoura ses genoux de ses bras. Callum s'installa à son côté et essuya la glace sur son menton à l'aide d'une serviette.

— Alors, commença Amy, il y a un an, mon frère et moi, on vivait à Londres avec mon père et tout se passait bien.

— Et ta mère ?

— Elle habite à Paris. Mes parents ont divorcé quand j'avais huit ans. Franchement, c'est plutôt sympa, parce qu'on peut aller la voir très souvent... À part que maintenant, elle a un nouveau copain, un Français, et elle est trop occupée à lui faire des mamours pour passer du temps avec nous.

Amy grignota le restant de son cône et poursuivit :

— Et puis mon père s'est mis avec quelqu'un de son travail. Cathy, la mère de Tanya.

— Qu'est-ce qu'ils font dans la vie ? demanda Callum.

— Ils sont archéologues, donc ils ont dû se trouver des affinités grâce à leur amour commun pour les vieux cailloux, ou va savoir. En tout cas, ils se sont mariés et ils nous ont largués chez les parents de Cathy avec Tanya, pendant qu'ils partent en lune de miel.

Amy resta silencieuse un moment.

— Si au moins j'étais chez moi, je ferais les mêmes choses que d'habitude, j'irais jouer au foot... Tout paraîtrait plus normal, tu vois ?

Callum acquiesça.

– Je crois, oui. Et Tanya, qu'est-ce qu'elle en pense ?

– C'est ça, le pire. J'ai toujours cru que ça devait être chouette d'avoir une sœur, alors je m'étais dit qu'au moins, ça me donnerait l'occasion de la connaître. Mais elle est toujours d'une humeur massacrante. Ah, et j'oubliais de dire qu'elle me déteste sans que je sache pourquoi.

– Ouf, fit Callum en fourrageant dans ses boucles. Ça n'a pas l'air facile. Mais tu sais, j'ai pas mal vu Tanya l'été dernier, et elle avait l'air sympa. C'est peut-être juste qu'elle a besoin de s'habituer à la situation aussi ?

– J'espère que tu as raison, mais bizarrement, j'ai des doutes.

Ça faisait du bien de se confier à Callum, mais Amy sentit une vague de tristesse la submerger. Avant de lui décrire les changements des dernières semaines, elle ne s'était pas rendu compte à quel point tout cela l'affectait. Sa gorge se serra et ses yeux se mirent à piquer. Callum prit une des serviettes du café dans sa poche et la lui tendit.

– Écoute, Amy. Si tu t'éloignais un peu de Tanya ? Tu n'as qu'à venir faire des trucs avec moi, à la place. Évidemment, je manquerai aux vaches, mais...

Amy parvint à sourire à travers ses larmes.

– Merci, dit-elle en s'essuyant les yeux.

– Alors comme ça, tu joues au foot ?

– Oui, je suis dans l'équipe du collège, et je joue en club le week-end. Et toi ?

– J'ai deux pieds gauches, mais j'aime bien. Il y avait un club ici, avant, mais depuis que M. Richards a acheté les terrains, ils n'ont nulle part où jouer.

– Oh, fit Amy, déçue.

– C'est nul. Il y a même eu une pétition pour essayer de l'en empêcher, mais c'est l'argent qui a gagné, j'imagine. On pourrait peut-être rassembler du monde et trouver un autre endroit ? Je demanderai à des copains.

– Ça serait génial. Merci, Callum.

« Finalement, on dirait bien que j'ai trouvé un nouvel ami », se dit-elle.

Callum lui adressa un grand sourire et se leva en lui tendant la main.

– Allez, tu n'as pas encore vu tout le village. Il y a deux autres bancs, une cabine téléphonique, et attention, l'attraction la plus spectaculaire... un très gros arbre !

– Je meurs d'impatience ! conclut Amy en riant.

– Tu joues à quel poste ?

Callum avait fait visiter tout le village à Amy, y compris les terrains de sport inaccessibles, et ils avaient décidé de rentrer. Le soleil se couchait.

— Avant-centre. Ma copine Zoé dit que je recherche la gloire. Et toi ?

— Je préfère être goal. On devrait s'affronter, un de ces jours.

— Une séance de penaltys. Ça marche !

Tout à coup Amy s'arrêta au milieu de la route.

— Qu'est-ce que c'est ?

Derrière un portail en fer forgé se dressait une bâtisse imposante et délabrée. Dans l'allée envahie d'herbes folles, des colonnes décrépies s'élevaient jusqu'au troisième étage, couvertes de mousse et tachées par les fuites d'eau. Les murs étaient écaillés et les fenêtres condamnées, ce qui donnait l'étrange impression que l'édifice était aveugle. Sur le côté gauche poussait une plante grimpante fournie, qui s'enroulait autour des cheminées et de l'encadrement des fenêtres comme si elle essayait d'étouffer le bâtiment.

— Pas rassurant, murmura Amy.

En haut du portail, le métal se tordait pour former les lettres « HÔTEL SUMMERTIME ». Amy frissonna. Cet endroit évoquait tout, sauf l'été.

— C'est quoi ? redemanda-t-elle à Callum.

— Juste un vieil hôtel. J'avais demandé à ma mère des précisions, une fois, mais apparemment, il avait déjà cessé son activité et il était fermé de partout du temps de sa naissance. On dirait qu'il a été oublié.

Des deux côtés du portail, de hautes barrières de bois délimitaient la propriété. Amy remarqua que l'une des planches était pourrie et s'avança pour appuyer dessus. Elle céda dans un grand bruit de succion, laissant un espace assez large pour passer. Si elle se détachait aussi facilement, c'était comme si le bâtiment voulait qu'Amy entre. « Si on va jeter un coup d'œil, ça ne fera de mal à personne », pensa-t-elle.

— Il y a peut-être des choses à faire à Foxwood, en fin de compte, lança-t-elle à Callum d'un air complice. Viens, on va explorer les lieux !

3

— Je ne suis pas sûr que ce soit une bonne idée, fit Callum, qui regarda la rue vide avec inquiétude. Mes parents me tueraient s'ils étaient au courant.

— Allez, juste un petit coup d'œil. On sera prudents.

Amy se baissa et se glissa dans l'espace entre les planches vermoulues. Voyant que Callum ne la suivait pas, elle repassa une main par le trou et lui attrapa la cheville.

— OK, c'est bon, je viens ! Ça reste sans doute une idée désastreuse...

Il passa à travers et Amy l'aida à se relever. La propriété était bien plus grande que ce qu'on aurait cru depuis l'extérieur. Le sol était tapissé de grandes herbes, d'orties et de chiendent, et en regardant derrière un rideau d'arbres, Amy constata que le terrain s'étendait loin derrière l'hôtel. Au milieu de l'allée se trouvait une grande fontaine. Elle disparaissait presque sous une épaisse couche de lierre, mais on distinguait encore en quelques endroits du marbre clair veiné. Au centre se dressait une petite statue, elle aussi couverte de végétation, d'un chérubin aux joues rebondies. Il tenait un arc et une flèche, comme prêt à décocher un tir à tout moment. « Figé dans le temps », pensa Amy avec un frisson. Callum regardait les alentours avec méfiance.

— Je ne sais pas si c'est normal à Londres, dit-il tout bas, mais à Foxwood, ça s'appelle « violation de domicile ».

— Pas vraiment, si c'est abandonné, le rassura Amy, qui commença à s'aventurer dans les herbes folles.

— Attention ! cria Callum.

Surprise, Amy vit une petite créature noire lui passer au ras de la tête.

— Qu'est-ce que c'était ? s'étonna le garçon.

— Juste une chauve-souris, s'exclama Amy en rigolant. Ben alors, c'est pas toi qui es censé être de la campagne ?

— Ah, oui, une chauve-souris. Je le savais, bien sûr.

— Tiens, en voilà une autre !

Les animaux se déplaçaient à une telle vitesse qu'on les distinguait à peine ; ils formaient des taches noires dans le soleil couchant. Lorsque l'un d'entre eux descendit en piqué, Amy put entrevoir ses ailes délicates et parcheminées et son minuscule corps couvert de fourrure. Une troisième chauve-souris, puis une quatrième, voletèrent au-dessus de l'allée et Amy les regarda, fascinée, filer derrière l'hôtel, disparaissant de leur champ de vision.

— Je n'en avais vu qu'à la télé, avant, déclara-t-elle. C'est impressionnant.

Elle poursuivit son exploration avec Callum. L'avant de l'hôtel était entièrement condamné par des planches, et ils contournèrent donc le bâtiment, longeant des rangées de grandes fenêtres et un vieux panonceau rouillé.

— « Piscine », lut Callum en plissant les yeux dans la pénombre.

Après quelques pas sur le sentier dans la direction indiquée, ils passèrent un rideau de branches basses et découvrirent l'immense piscine à ciel ouvert qui s'inclinait en pente douce d'un bout à l'autre. Des feuilles mortes s'accumulaient au fond. Elle avait l'air de ne pas avoir servi depuis très longtemps. Tout près, se trouvait un cabanon, dont les fenêtres étaient barrées comme celles de l'hôtel.

— Waouh, s'exclama Callum. À côté, celle de chez Lucas ressemble à une pataugeoire.

Ils retournèrent sur le sentier et arrivèrent à l'arrière du bâtiment. Une petite porte disparaissait à moitié sous la vigne vierge. Elle était en bois, et ses grosses charnières avaient viré à l'orange sous l'effet de la rouille. La poignée ronde de fer forgé avait la forme d'une feuille. Amy la tourna, mais la porte ne céda pas.

– Ce n'est pas à faire, de toute façon. Et si on se faisait prendre ?

– Tu n'as pas envie de savoir ce qu'il y a à l'intérieur ?

– Ben si, mais...

– Alors viens. Pas plus de quelques minutes, et on ne touchera rien, promis.

– Bon, soupira Callum. Un peu de violation de domicile en plus ou en moins...

Il attrapa aussi la poignée et ensemble ils tournèrent de toutes leurs forces. Amy sentit le sang lui affluer au visage sous l'effort. Finalement, la porte s'ouvrit dans un craquement sonore. Derrière, ils ne virent qu'un large couloir plongé dans l'obscurité. Le sol était carrelé de noir et blanc.

– Prêt ? chuchota Amy.

À peine furent-ils entrés que la porte se referma derrière eux, ce qui les fit sursauter. Le silence était de plomb et il faisait un noir d'encre. Amy sentait son cœur battre à tout rompre.

– Je... On devrait rentrer, maintenant, dit Callum, dont la voix résonna derrière elle.

Amy fouilla dans sa poche et trouva son portable, qu'elle actionna pour les éclairer. Elle balaya les alentours, et un cafard noir et brillant pris dans la faible lueur fila contre le mur puis disparut dans une fissure.

– Bon, assez visité pour aujourd'hui, dit Callum.

– On a dit quelques minutes, tu te souviens ?

Amy avança à petits pas dans le couloir, les doigts sur le mur suintant et froid. Callum bougonnait à propos d'histoires de fantômes et d'endroits abandonnés pour de bonnes raisons, mais elle constata qu'il avait lui aussi allumé son téléphone et la suivait.

L'atmosphère était humide et dégageait une odeur de moisi. Amy appuya sur un interrupteur en cuivre sur le mur, mais sans résultat. Pourtant, quand ils s'enfoncèrent plus loin dans l'hôtel, elle eut l'impression que l'ambiance se faisait plus chaleureuse. La lumière filtrait davantage et l'air paraissait moins étouffant. Enfin, le couloir s'ouvrit sur un hall un peu plus spacieux, où des rais de lumière se projetaient par les jointures des planches clouées devant les fenêtres. Plusieurs portes partaient de là, et elle en poussa une avec prudence, essayant d'éviter les toiles d'araignée sur la poignée.

Ils débouchèrent dans une grande pièce, au milieu de laquelle se trouvait un billard indien. Les queues avaient été laissées en travers de la table, entourées de boules dispersées.

– On dirait qu'ils se sont arrêtés en pleine partie, chuchota Amy.

Près de la porte se trouvaient deux fauteuils en cuir rembourrés. Callum s'accroupit à côté de la table qui les séparait.

– Hé, Amy, regarde un peu !

Callum lui montra un cigare à moitié fumé posé sur le rebord d'un cendrier.

– La personne qui fumait a dû partir en urgence, conclut-il, avant de se retourner vers elle avec des yeux effarés. Tu crois qu'il est encore là ?

Amy regarda autour d'elle avec nervosité. L'air poussiéreux enveloppait les meubles comme une couverture de laine. Elle fit rouler l'une des boules de billard, qui laissa une traînée propre dans son sillage.

– Non, je ne crois pas. Visiblement, personne n'a mis les pieds ici depuis des années.

Ensuite, même Callum ne put résister à l'envie de pousser plus loin les investigations. Ils empruntèrent les couloirs en utilisant leurs téléphones pour s'éclairer dans les coins sombres, et en ouvrant les portes qu'ils trouvaient sur leur passage. Il y avait un petit salon regorgeant de canapés confortables, de fauteuils et de coussins, ainsi qu'une salle préparée pour un dîner. Amy s'émerveilla devant le luxe du restaurant, où les nappes étaient brodées et les couverts en argent. Une pièce comprenait un grand comptoir en acajou surmonté d'une vieille cloche en laiton, face à une grande porte : sans doute celle qu'ils avaient vue depuis la route.

– On est à la réception.

Un énorme lustre, couvert de toiles d'araignée et de morceaux de plâtre, était accroché au-dessus d'un escalier majestueux.

– On regarde là-haut, vite fait ? proposa Amy.

– D'accord, mais après, on s'en va pour de bon.

– Mais oui. Le premier arrivé !

Elle s'élança vers l'étage, chaque marche émettant un grand craquement sous ses pas. Callum la suivit plus prudemment. Ils avancèrent dans un large couloir en moquette épaisse, aux murs ornés de plusieurs tableaux magnifiques. Amy leva son téléphone pour les regarder de plus près. L'un d'eux était le portrait d'un homme à la fine moustache noire et aux cheveux lissés avec soin de part et d'autre d'une raie sur le côté. Il portait un costume avec une petite veste par-dessus, doublée de fourrure épaisse. Il y avait quelque chose dans son expression méprisante qui mit Amy mal à l'aise, et elle s'éloigna en vitesse. Le couloir semblait ne pas avoir de fin.

– Bon, il est peut-être temps d'y aller, finit-elle par dire. Par où est-on arrivés ?

Inquiet, Callum regarda d'un côté du couloir, puis de l'autre.

— Bonne question.

— Oh, on n'est quand même pas perdus, soupira Amy.

Elle se dirigea vers une fenêtre et regarda par l'espace entre les planches pour essayer de s'orienter. Le soleil avait quasiment disparu, et le terrain était plongé dans l'obscurité. Tout à coup, plus rien n'avait l'air familier. « Bientôt, on n'y verra plus rien sans nos téléphones », pensa-t-elle.

Elle lutta contre la panique qu'elle sentait monter. Il lui fallait réfléchir avec précision.

— On serait plus vite fixés si on se séparait, dit-elle. Tu n'as qu'à chercher de ce côté, et moi de celui-là.

Ils partirent dans des directions opposées. Au bout de quelques instants, un cri à glacer le sang déchira le silence.

— Callum ! cria-t-elle. J'arrive !

Le cœur battant, elle courut vers le côté d'où était venu le cri, ce qui la mena dans une des chambres. Callum était appuyé contre le mur. Ses cheveux bruns lui étaient tombés sur le visage et il essayait de retrouver son souffle. Amy accourut vers lui, mais il lui fit signe que ce n'était pas la peine.

— Tout va bien. J'ai cru voir quelqu'un, là-bas... expliqua-t-il avec un geste de la main droite.

Amy éclaira la pièce en plusieurs endroits, puis découvrit un portemanteau dans un coin. Il y avait un manteau de femme suspendu et une toque par-dessus, ornée d'un voile destiné à recouvrir le visage. Comme l'ensemble se cachait dans un recoin particulièrement sombre, il était compréhensible que Callum ait cru voir une personne. Elle effleura le voile et une énorme araignée émergea du chapeau, pour atterrir à ses pieds. Elle poussa un cri et heurta Callum derrière elle.

– Je commence à flipper, dans cet endroit.

– Tu l'as dit, acquiesça Callum. Je ne suis pas taillé pour endurer un niveau de stress pareil.

Mais l'hôtel était un vrai labyrinthe : plus ils essayaient de s'y retrouver, plus ils se perdaient. Le grand escalier semblait avoir disparu et chaque couloir qu'ils prenaient se révélait être une impasse. Enfin, Amy aperçut un petit éclat du lustre dans les derniers rayons du couchant.

– C'est par là ! s'écria-t-elle avant de partir en courant.

Effectivement, l'escalier était là, et ils descendirent en courant vers la réception.

Soulagés, ils se tapèrent dans la main.

– Je n'ai jamais été aussi content de voir un vieux bout de bois poussiéreux, s'exclama Callum.

Amy regarda le comptoir en souriant. À ce moment, elle aperçut un objet métallique et son expression joyeuse s'évanouit. C'était une canette de Coca.

– Tu as remarqué ça, tout à l'heure ?

Son ami pâlit et fit non de la tête.

Ils se glissèrent derrière le comptoir. Amy ramassa la canette avec précaution et la remua un peu. Elle était à moitié remplie et la boisson pétillait encore. Un frisson lui parcourut l'échine.

– Elle vient d'être ouverte, conclut-elle en la reposant. Callum, on n'est pas seuls ici.

Ainsi, l'hôtel n'était pas aussi abandonné qu'il y paraissait. Alors qu'ils filaient par où ils étaient venus, éclairés par leurs téléphones, Amy essaya de réfléchir à qui d'autre pouvait être là. Des jeunes comme eux, qui exploraient pour s'amuser ? Ou alors quelqu'un vivait vraiment là, auquel cas ils étaient en train de violer une propriété privée, comme le craignait Callum ? Une fois, elle avait vu une maison en ruines à Londres qui, selon son père, était occupée par des squatteurs. Qui était là ? Les avaient-ils entendus en train de faire du bruit ? « Je ne veux pas rester ici pour savoir », pensa-t-elle.

Ils arrivèrent à la porte de derrière, dont Amy saisit la poignée à deux mains pour tirer dessus avec force. Elle ne bougea pas. Callum essaya à son tour, puis se jeta de tout son poids contre le pêne. Sans résultat.

– Elle a dû se coincer quand elle s'est refermée, suggéra-t-il, perdu.

« Réfléchis un peu, Amy ! » s'énerva la jeune fille en son for intérieur.

– Bon, on est au rez-de-chaussée. Il faut qu'on trouve une fenêtre et qu'on défonce les planches pour sortir.

Ils repartirent dans un autre couloir à toute allure. Amy entendait la respiration précipitée de Callum. Au-dehors, la nuit était tombée et l'hôtel était plongé dans l'obscurité. Plusieurs portes se présentèrent à leur vue.

– Essayons par là, proposa Callum.

Ils coururent vers la plus proche. De l'autre côté, un bruit les arrêta net. Ils restèrent comme des statues, trop effrayés pour reprendre leur souffle. Ils entendirent encore quelque chose. Du remue-ménage, un grattement.

Le cœur cognant dans sa poitrine, Amy vit la porte s'ouvrir et une silhouette sombre émerger. Dans la pénombre, elle reconnut tout juste un visage familier. Soulagée, elle s'écria :

– Tanya ! Mais qu'est-ce que tu fais là ?

4

— J'étais venue pour m'éloigner de toi, expliqua Tanya avec un regard noir. Apparemment, ça n'a pas marché.

Callum s'éclaircit la gorge.

— Euh, salut Tanya. Tu te souviens de moi, je suis Callum, de Turnpike Farm ?

— Ah, oui, salut, Callum. Qu'est-ce que tu fais avec elle ? le questionna Tanya, l'air soupçonneux. Elle ne te demande quand même pas de m'espionner ?

— Mais non, pas du tout, protesta aussitôt Callum qui s'empourpra, très mal à l'aise. On s'ennuyait à la fête de Lucas et j'ai fait visiter le village à Amy. Bref, on a atterri ici.

— C'est bien ma chance, commenta Tanya, l'air agacé.

— C'était ton Coca, qu'on a vu à la réception ? demanda Amy.

— Ben oui, pourquoi ?

— C'est rassurant, expliqua Callum. On avait un peu peur que ce soit celui d'un psychopathe.

« À part qu'un psychopathe se serait montré plus accueillant », pensa Amy.

– Mais pourquoi vous vous êtes introduits ici, d'abord ? poursuivit Tanya. Vous ne savez pas que c'est une propriété privée ?

Amy n'arrivait pas à y croire. Comment pouvait-elle les accuser de violation de domicile, alors qu'elle s'était rendue coupable de la même chose ?

– On regarde un peu, c'est tout, répliqua Callum d'un ton dégagé, en essayant de regarder derrière Tanya. Qu'est-ce qu'il y a, par là ?

Tanya se hérissa mais elle laissa passer les deux autres. Un escalier de pierre descendait vers une cave. Contre le mur que voyait Amy se trouvait une rangée de tonneaux, et devant, un fauteuil poire, un ordinateur portable, des haut-parleurs, et tout un tas de provisions.

– Ça alors. Tu viens tout le temps, dis donc !

– Quand j'ai envie d'être toute seule, marmonna Tanya. Et ça m'arrive souvent, ces temps-ci.

– Je peux regarder ? demanda Callum.

– Mouais.

Tanya descendit les marches, et ils la suivirent. C'était plutôt sympa, comme cachette. Tanya avait installé deux grandes lampes de poche, qui projetaient une lumière chaleureuse. De la musique folk sortait des enceintes reliées à l'ordinateur, à un volume si bas qu'Amy ne l'avait pas entendue en arrivant. C'était une voix de femme accompagnée d'une guitare acoustique, et même si Amy écoutait plutôt du R & B pour sa part, elle trouva que ce choix s'accordait parfaitement avec le milieu. L'appareil photo de Tanya était branché de l'autre côté de l'ordinateur. À côté du fauteuil se trouvait un grand paquet de fruits secs ouvert, orné du logo Buttercup Café, et des canettes étaient alignées le long du mur du fond.

– Tu sais, ça donne soif, de se perdre dans un vieil hôtel bizarre, suggéra Callum.

Malgré elle, Tanya eut un petit sourire.

– Vas-y, sers-toi.

Le garçon prit une canette qu'il ouvrit, et savoura une longue gorgée avant de s'affaler sur la poire. Il chercha une position confortable puis, agitant la tête au rythme de la musique, engloutit quelques fruits secs. Amy regarda Tanya, qui était restée dans un coin, raide comme un piquet, les bras croisés sur la poitrine. Callum les regarda tour à tour un moment avec l'air de réfléchir. Il se pencha vers l'ordinateur.

– Tanya, c'est toi qui as pris ces photos ?

– Oui, j'ai une page Tumblr, répondit-elle en enroulant une mèche de cheveux autour de son doigt, l'air soudain timide. Je voudrais être photographe naturaliste. Plus tard, je veux dire.

– Elles sont vraiment bien. Je peux les regarder ?

Tanya répondit par un haussement d'épaules, mais elle avait les yeux brillants.

– Viens voir, Amy, ajouta Callum.

Elle s'accroupit à sa hauteur. À l'écran, elle vit les jacinthes sauvages que Tanya avait prises sur le chemin de la fête. Elle avait choisi un angle de vue parfait, capturant la lumière de sorte que les fleurs avaient l'air de resplendir. Callum fit défiler les photos, et s'arrêta avec un petit rire.

– La légende dit : « Triton crétin ». Tu devais vouloir dire « Triton crêté » !

Tanya s'avança et reprit le portable.

– Je t'ai pas demandé de la lire !

– Désolé, je trouvais ça rigolo. Je ne voulais pas te vexer.

Tanya referma le portable avec violence et entreprit de le ranger. Elle était toute rouge de colère. Elle tira sur un câble, et l'appareil photo tomba à grand bruit par terre.

– Attends, je vais t'aider, proposa Callum, qui se releva pour ramasser l'appareil.

– Je n'ai pas besoin de ton aide, siffla Tanya en le lui reprenant sans ménagement et en le lançant dans son sac.

– Tanya ! s'emporta Amy. Callum essayait juste d'être sympa. Je comprends pas...

– C'est bien ça, tu ne comprends rien ! s'énerva Tanya. Je voudrais juste être tranquille ! (Elle lança également l'ordinateur dans son sac.) Je ne peux même pas être chez mes grands-parents sans que tu sois là aussi, et maintenant, tu viens ici par-dessus le marché ! Tu peux pas me laisser respirer, un peu ?

– Et toi, si tu épargnais mes oreilles ? s'emporta Amy. Je sais que c'est pas facile, mais ce ne sont pas tes caprices toutes les dix minutes qui aident à arranger les choses.

Tanya mit le sac sur son épaule et regarda Amy avec colère.

– Tu t'imagines pas comme on était proches, maman et moi ! Avant que ton père débarque, on faisait *tout* ensemble. Maintenant, elle est partie, et c'est à cause de ta famille.

– Partie ? s'offusqua Amy en levant les mains. Elle n'est pas partie, elle est en voyage en Turquie. Tu fais vraiment un drame de rien du tout.

– C'est pareil. Rien ne sera plus comme avant. Je voudrais qu'elle n'ait jamais rencontré ton père ! Je ne me retrouverais pas coincée avec toi !

Tanya bouscula Amy pour monter l'escalier.

– Je n'ai pas réclamé à être ta sœur ! hurla Amy. Personne m'a demandé mon avis non plus !

Tanya avait disparu. Amy haletait, tremblante. Elle n'avait jamais crié ainsi contre quelqu'un, et c'était une sensation détestable.

Elle sentit la main de Callum sur son épaule.

— Bon, je crois que tu avais raison. Tanya ne t'aime pas.

Amy parvint à rire un peu.

— Sans rigoler, tu crois ?

— Tu vas bien ?

Amy renifla.

— Callum, je suis vraiment désolée ! Je me sens bête, expliqua-t-elle en s'essuyant les yeux d'un geste vif. En temps normal, je ne suis pas comme ça, promis. J'aurais préféré que tu n'assistes pas à cette scène.

— Ce n'est pas grave, répondit Callum. Visiblement, Tanya a un énorme problème, mais ce n'est pas de ta faute.

Il s'empara de l'une des lampes de poche qui éclairaient la cave.

— Au moins, on pourra voir où on va, maintenant, dit-il avant de la pousser doucement du coude. Allez, viens. Il doit y avoir une autre porte, quelque part. Tanya a bien réussi à entrer et sortir.

Avec la lampe, c'était beaucoup plus facile. Ils tombèrent vite sur une autre porte, plus petite, qui les fit déboucher sur un côté de l'hôtel. La lueur dansant devant eux, ils repartirent à travers les herbes folles et repassèrent par le trou dans la palissade.

– Bon, fit Amy. Merci de m'avoir montré Foxwood.

– Ça a été mouvementé, pas vrai ? sourit Callum. Écoute, essaie de ne pas t'en faire pour Tanya, et laisse-la se calmer un petit peu. Tu veux qu'on se retrouve demain ? Je peux voir si Eva est libre aussi.

– Ce serait super.

Ils échangèrent leurs numéros et Callum raccompagna Amy jusqu'à la route principale.

– Continue tout droit, et tu verras le tournant pour Apple Cottage, indiqua-t-il. À demain !

Amy agita la main et continua à contrecœur vers le cottage. Plus elle approchait, plus elle craignait de franchir la porte d'entrée. Tanya était sans doute de retour, assise à la table de la cuisine en train de raconter à ses grands-parents que sa nouvelle sœur était horrible. Ou alors, elle était partie dans une autre cachette et n'était pas encore rentrée, auquel cas Pat et John voudraient savoir pourquoi Amy avait perdu leur petite-fille. « De toute façon, pensa Amy, ils vont forcément prendre le parti de Tanya. Après tout, ils sont de la même famille. »

Elle ouvrit le portail délabré du cottage, accueillie par le bêlement des chèvres de Pat et John qui s'avançaient vers elle. Il y avait deux adultes et un chevreau. Son petit frère Thomas était tombé sous le charme du bébé dès qu'il avait posé les yeux dessus. Il l'avait baptisé Bart et avait passé le plus clair de ses journées avec lui. Bart donna un petit coup de tête dans les tibias d'Amy, et malgré elle, elle sentit son cœur s'alléger. Elle lui tendit une poignée d'herbe.

– C'est tout ce que j'ai, déclara-t-elle au chevreau, qui cherchait encore de la nourriture dans sa main. Désolée, Bart, mais quand faut y aller...

Elle se dégagea doucement et sortit la clé de la porte d'entrée, que lui avait donnée John plus tôt dans la journée. Elle prit une grande inspiration et entra dans le cottage.

– C'est encore moi qui ai gagné, criait Thomas dans la cuisine.

Quand il aperçut sa sœur, il bondit de sa chaise pour l'embrasser dans une étreinte collante.

– Tu n'es pas encore au lit ? s'étonna Amy, qui ébouriffa ses cheveux en riant.

– Je suis pas fatigué, et je bats tout le monde au Scrabble !

Le plateau de jeu était étalé sur la table de la cuisine, entouré de quatre tasses fumantes. Pat et John lui souriaient, mais Amy gémit intérieurement en apercevant Tanya entre eux deux, le regard rivé sur sa tasse.

– Bonsoir, ma puce ! dit Pat, dont le chignon gris était semé de quelques mèches plus brunes. Viens t'asseoir avec nous. Tu prends un chocolat chaud ?

Elle retourna vers la cuisinière, et John tira une chaise pour Amy.

– Et cette soirée ? demanda-t-il avec intérêt, les yeux bruns chaleureux et accueillants. On ne peut tirer aucun potin de Tanya, alors ça va être à toi de nous raconter la fête de Lucas.

Il remonta les manches de son pull et s'appuya sur la table avec un sourire.

– Oh, laisse-la donc souffler, un peu, intervint Pat. Elle vient à peine de passer la porte.

Elle jeta un coup d'œil à Amy, puis à Tanya, et coula un regard entendu à son mari.

« Elle a compris qu'il y a un problème », pensa Amy.

Au moins, à en juger par les paroles de John, Tanya n'avait pas fait mention de la scène dans la cave. Celle-ci fit racler sa chaise sur le dallage en se relevant.

– Je vais me coucher, mamy. À demain. Bonne nuit, papy.

Elle se dirigea vers l'escalier au fond de la pièce.

– Bonne nuit, ma chérie, lança Pat, avant de s'adresser à Amy et Thomas. Ces derniers jours ont été bien remplis, pas vrai ? Vous devez être très fatigués, vous aussi.

– Pas moi, répliqua Thomas en faisant des bonds sur sa chaise. Amy, tu joues au Scrabble avec moi ? Je parie que je peux te battre aussi !

Pat plaça une tasse de chocolat chaud devant Amy.

– Bonne idée. Si vous avez besoin de quelque chose, on est au salon.

John tapota la tête de Thomas et suivit Pat hors de la pièce.

Thomas secoua le pochon de lettres et prit une gorgée de chocolat qui lui laissa une grosse moustache marron.

– Trop bien, ces vacances, déclara-t-il. J'aimerais vivre ici, avec Bart, et le Scrabble, et du chocolat chaud. Elle en a de la chance, Tanya.

Amy se sentit un peu inquiète.

– Thomas, dit-elle doucement. Tu sais que Tanya ne vient ici que de temps en temps ? Quand papa et Cathy seront rentrés de leur lune de miel, elle viendra vivre avec nous. Cathy aussi.

Thomas pencha la tête de côté, les sourcils froncés, comme s'il ne comprenait pas tout.

– Mais notre appartement n'est pas assez grand, protesta-t-il d'une petite voix.

Amy bouillait de rage intérieurement. Comment son père s'était-il débrouillé pour ne pas expliquer les choses à Thomas ? Visiblement, pour son petit frère, un mariage équivalait à une journée de festivités à la campagne. À Amy, leur père avait montré des photos de la maison que lui et Cathy étaient en train d'acheter. Elle l'entendait encore. « J'expliquerai ça à Thomas dès que tout sera réglé... » Combien de temps avait-il l'intention d'attendre encore ? Comptait-il sur elle pour tout faire à sa place ? Amy ne savait pas par où commencer.

— Bon, on ne va pas s'en inquiéter pour le moment, finit-elle par dire.

Elle bâilla ostensiblement en s'étirant les bras.

— Je suis tellement fatiguée que tu n'aurais aucun mal à m'écraser. On n'a qu'à jouer demain, plutôt. Là, j'arriverai peut-être à marquer un point ou deux.

Ils souhaitèrent bonne nuit à Pat et John, puis Amy aida son frère à se préparer pour dormir.

— Bonne nuit, Amy, murmura-t-il quand elle le borda. Bonne nuit, Bart...

Amy referma sa porte en douceur.

La chambre était petite, mais agréable. Elle comprenait un bureau, une petite bibliothèque et un lit une place bien douillet. La fenêtre donnait sur des champs situés derrière le cottage, plongés dans l'obscurité. « Ce n'est pas comme chez nous », pensa Amy, au souvenir de l'éclairage des lampadaires et du faisceau des phares qui traversaient les rideaux de sa chambre, dans l'appartement de Londres. Encore une fois, à Foxwood, rien n'était comme chez elle.

Elle entendit frapper doucement à la porte.

– Je peux entrer une seconde, ma puce ?

C'était la voix de Pat.

– Bien sûr.

La grand-mère entra avec sa tasse de chocolat.

– Je me suis dit que tu voudrais peut-être la finir, dit-elle en la déposant sur le bureau, à côté d'un tas d'affaires d'Amy. Je l'ai réchauffée.

– Merci, c'est vraiment délicieux.

– Pas de problème, répondit Pat.

Elle donna de petits coups sur les oreillers puis, à la surprise d'Amy, l'embrassa. Après une seconde, la jeune fille lui rendit son étreinte. Ça faisait du bien de recevoir de l'affection.

– Allez, souviens-toi, lui dit Pat en la libérant. Demain est un autre jour. Un nouveau départ pour tout le monde.

5

Amy avait l'impression d'entendre son cerveau mouliner dans sa tête. Inutile d'espérer dormir tout de suite. Elle dégagea son ordinateur portable du fatras de magazines, bijoux et accessoires pour cheveux qui l'encombrait, à côté de l'endroit où Pat avait posé sa tasse. Elle le mit en route et, en attendant qu'il soit opérationnel, regarda à terre. Il y avait un bout de papier sur la moquette, qui avait dû tomber quand elle avait déplacé ses affaires.

Amy le ramassa. C'était une feuille de l'épais papier à en-tête fourni par l'hôtel où elle avait séjourné avec sa famille avant le mariage. C'était la lecture qu'Amy avait faite à la cérémonie. Elle n'avait été mise au courant de son intervention que deux heures avant. Cathy, la mère de Tanya, était arrivée en courant, déjà en robe de mariée, toute rouge et paniquée, dans la chambre qu'elle partageait avec Thomas.

– Amy ! s'était-elle exclamée. Heureusement que je te trouve à temps. Tu pourrais me rendre un grand service ? Désolée de te demander ça au dernier moment, mais est-ce que tu veux bien lire un poème lors de la cérémonie ? Ça me toucherait beaucoup.

Amy tombait des nues, mais bien entendu, elle avait dit oui. Cathy l'avait étreinte avec force en lui disant :

– Merci, tu es géniale.

Aussitôt, elle avait pris du papier sur le bureau et, de son écriture tarabiscotée, avait recopié un poème affiché sur son téléphone.

Celle qui n'avait pas trouvé Amy « géniale », c'était Tanya. Au moment où elle lisait le poème en tenant le papier d'une main tremblante, un visage ressortait parmi les bancs d'invités joyeux : celui de Tanya, qui la fixait d'un regard assassin. « Elle me détestait déjà », pensa Amy.

Elle rangea le poème dans l'un des magazines et regarda ses mails. Elle parcourut les nombreux messages de Zoé et de ses autres amis, qui attendaient avec impatience de savoir si le mariage s'était bien passé et comment était Foxwood. Elle répondit vite par un message collectif, leur indiquant que tout allait bien et leur promettant de tout leur raconter une fois de retour à Londres. Que dire d'autre ? Entre une demi-sœur ultra-désagréable, une fête étrange et un mystérieux hôtel abandonné, elle ne savait pas par où commencer. Comment allait-elle survivre à deux semaines sans jouer au foot ? Échanger des passes avec Thomas dans le jardin, c'était sympa, mais ça n'avait rien à voir avec un vrai match.

Prise d'une impulsion subite, elle entra dans le moteur de recherche les mots « Foxwood » et « terrains de sport ». Le premier résultat l'envoya à la page du site du village : un fond violet aux bordures de feuilles entrelacées, avec en haut une photo de Foxwood, sans doute prise depuis l'une des collines environnantes. Dans le menu latéral, elle trouva un bouton « pétition ». Quand elle cliqua, elle trouva une longue liste de personnes opposées à l'achat des terrains municipaux par M. Richards. Plus bas, nombre d'habitants avaient laissé des commentaires. Ils avaient tous l'air en proie à la colère et la déception, mais aucun ne faisait allusion à d'autres endroits où jouer au foot. « Il n'y en a sans doute pas. »

Elle se connecta à Skype et constata que sa mère était en ligne. Elle l'appela et aussitôt, son visage souriant apparut à l'écran.

– Amy ! s'écria-t-elle en la saluant de la main. J'espérais avoir de tes nouvelles bientôt.

Assise à la table de sa cuisine, elle portait un gilet sans manches blanc et un cardigan rouge. Elle prit une gorgée dans le verre de boisson pétillante qu'elle tenait à la main.

– Santé à toi et Thomas !

– Maman, tu me manques.

Les mots étaient sortis de sa bouche avant qu'elle ait eu le temps de réfléchir.

– Oh, ma chérie, toi aussi, s'exclama sa mère, qui se pencha en avant, comme pour mieux voir son visage. Il est un peu tard, dis donc. Tu vas bien ?

– Oui, mais... bredouilla Amy avant de prendre une grande inspiration. En fait...

– Bonjour, Amy, intervint une voix grave. Comment vas-tu ?

Paul, l'ami de sa mère, apparut à côté.

– Salut, Paul, fit Amy avec un geste de la main. Tout va bien, merci.

Sa mère avait rencontré Paul à l'université parisienne où ils travaillaient tous les deux.

– Parle-nous du mariage, ma chérie, demanda sa mère.

– Ça s'est bien passé. C'est un peu bizarre d'être ici sans toi ni papa.

– Bien sûr, mais je suis sûre que tu vas t'y faire, répondit sa mère. D'après ce que m'a dit ton père, les grands-parents de Tanya ont l'air très gentils.

– Et Thomas et toi, vous viendrez bientôt à Paris ! ajouta Paul.

– Oui, ça serait chouette.

– Magnifique ! fit Paul avec un sourire.

– On partait au cinéma, ma chérie, dit la mère d'Amy, qui commença à lui envoyer un baiser, puis se reprit. Oh, mais tu allais me dire quelque chose, avant ?

Amy hésita un instant, puis secoua la tête.

– Non, maman.

C'était trop tard, le moment était passé. Raconter ses problèmes à sa mère ne ferait que l'inquiéter, et de toute façon, depuis Paris, elle n'y pourrait rien. En plus, Amy s'imaginait mal déverser ce qu'elle avait sur le cœur devant Paul. Elle leur souhaita bonne nuit et referma son ordinateur portable. Le temps où elle vivait heureuse dans le même appartement que ses parents et Thomas semblait très loin.

Le lendemain matin, Amy descendit pour trouver John aux fourneaux, occupé à faire frire des œufs et du bacon. La table de la cuisine était mise, avec une théière, du jus d'orange, des tartines grillées beurrées et un plat de croissants. Pat était attablée et lisait le journal.

– Bonjour, Amy, la salua John avec un sourire. Assieds-toi, c'est notre célèbre petit déjeuner Apple Cottage qui arrive !

Pat mit de côté son journal au moment où Amy s'assit.

— Comment tu te sens ce matin, ma puce ? demanda-t-elle avec gentillesse.

— Bien, merci, dit Amy, qui lui sourit et s'empara d'une tartine. J'espère que cette nouvelle journée va être bonne.

— Ça fait plaisir à entendre, dit Pat en lui tapotant la main. Thomas est dehors, il nourrit Bart. Quant à Tanya, tu viens de la rater, elle est déjà partie. En fait, elle avait l'air de vouloir déguerpir d'ici aussi vite que possible, aujourd'hui.

Elle surveillait l'expression d'Amy, qui se tortilla sur son siège. Elle appréciait que Pat soit à l'écoute, mais lui expliquer ce qui s'était passé entre elle et Tanya n'apporterait rien ; cela ne ferait que créer plus de grabuge.

— Elle a dû se dire qu'il fallait profiter de ce beau soleil. D'ailleurs, je pensais retrouver Callum.

— Oui, c'est sans doute pour ça qu'elle s'est dépêchée de partir, répondit Pat, qui n'avait pas l'air convaincu. C'est un gentil garçon, Callum. Tu l'as rencontré à la fête de Lucas ?

— C'est ça. Ensuite, il m'a fait visiter le village, expliqua Amy en avalant une bouchée de pain grillé. Le vieil hôtel sur le bord de la grande route fait peur, non ? Le Summertime, je crois ?

John plaça devant elle une assiette d'œufs au bacon tout chauds.

– Tu parles de l'hôtel Summertime ?

– Merci ! Oui, on l'a aperçu hier soir, répondit Amy, sans s'appesantir sur ce qu'ils avaient vu du bâtiment exactement. Callum m'a dit qu'il était condamné depuis des années.

– Ah, soupira Pat. C'était le lieu où tout se passait, à l'époque. Pas vrai, John ? L'endroit le plus attrayant à des kilomètres.

– Oui, et pourtant, il s'est passé quelque chose de bizarre, approuva John. L'hôtel marchait très bien, et du jour au lendemain, il a fermé définitivement. Sans avertissement. Ça doit faire une cinquantaine d'années, maintenant.

Pat emplit les tasses de thé.

– C'est désolant de le voir dans cet état, de nos jours.

– Ah, attendez un peu ! s'écria John.

Il disparut dans le salon, puis revint avec un album photo relié de cuir à la main.

– Amy peut voir le Summertime dans tout son éclat, ici, déclara-t-il en ouvrant l'album d'un geste cérémonieux.

La photo en noir et blanc montrait un jeune couple le jour de son mariage. Amy reconnut aussitôt le grand escalier majestueux derrière les mariés : il s'agissait de celui qu'elle avait monté et descendu avec Callum la veille. La mariée portait une robe cintrée à la taille avec un grand jupon, et ses cheveux étaient soigneusement mis en plis. Le marié la regardait avec fierté, une fleur à la boutonnière.

– As-tu déjà vu un homme plus élégant ? lui demanda John en réprimant un sourire.

Amy le regarda, puis baissa à nouveau les yeux sur la photo.

– Mais c'est vous ! s'écria-t-elle.

John éclata de rire et prit la main de sa femme.

– Le lieu branché de l'époque, on te dit.

– Pat, vous êtes super-belle ! Cette robe est splendide.

Les yeux brillants, Pat expliqua :

– Nous avions eu de la chance que l'hôtel nous trouve un créneau pour y organiser la réception. Il était toujours envahi de gens très classes qui arrivaient en décapotable. On disait qu'il s'agissait d'acteurs, de lords et de ladies, de musiciens... Les rumeurs prétendaient que certaines fêtes commençaient le jeudi soir pour se terminer au petit matin le dimanche ! Mais on n'a rien vu de tout ça. Le témoin de John était employé en cuisine au Summertime, alors c'est lui qui a réussi à nous organiser la réception, comme cadeau de mariage.

– Qui étaient les propriétaires ? s'enquit Amy en regardant les autres photos.

— C'est ça, le plus mystérieux, répondit John. Personne ne savait ! Pas même mon témoin. D'après certains, il s'agissait d'une personne qui séjournait régulièrement à l'hôtel. C'était un notaire à Londres qui s'occupait de toutes les démarches administratives.

— Puis un jour l'hôtel a fermé, et toute la *jet-set* est repartie à Londres, termina Pat. Ceux qui possédaient cet endroit ont dû l'abandonner, et le village n'a plus jamais été le même depuis.

Perchée sur un muret en plein soleil, Amy attendait Callum devant le Buttercup Café. Elle feuilletait un journal laissé sur un banc, espérant dénicher une adresse de club de football ou de salle de sport à proximité, mais ne trouva rien. Un gros titre attira son regard : *Richards Constructions : feu vert pour les appartements*. « Ça doit être l'entreprise du père de Lucas », pensa-t-elle. D'après l'article, M. Richards avait obtenu le permis de construire pour une résidence de luxe à l'emplacement des vieux terrains de sport. Visiblement, la pétition qu'elle avait vue sur Internet n'avait eu aucun résultat.

— Salut, désolé pour le retard, lança Callum, qui arrivait au pas de course sur la place du village. Ma mère m'a soumis à un interrogatoire complet avant de me laisser partir : où je vais, avec qui, pendant combien de temps, est-ce que je serai de retour pour la traite de l'après-midi...

– Elle s'inquiète beaucoup pour toi, apparemment.

– Bof, elle a surtout peur que je m'embarque dans de mauvais plans. Pourtant, à Foxwood, ce serait difficile à trouver ! À part dans les hôtels abandonnés, évidemment. Bref, je suis là.

– Et tu as apporté un ballon !

Callum le lança à Amy, qui le contrôla d'un pied, lui donna un coup pour le lancer en l'air et le rattrapa.

– Joli, dit-il. Allons chercher du monde pour une petite partie. Il doit bien y avoir un endroit ici qui n'appartient pas à M. Richards.

Ils traversèrent la place, et Amy savoura la sensation d'avoir à nouveau un ballon de foot sous le bras.

– Et si on allait chez toi ? Il y a beaucoup de champs, j'imagine ?

– Impossible. Mes parents me l'interdisent, parce que ça effraie les vaches. Il y a cinq ans, j'ai cassé la vitre d'une grange, et ils m'en veulent encore.

Ils quittèrent la place pour emprunter l'une des petites rues pavées bordées de maisons au toit de chaume. À l'autre bout, une fille à la mèche rose se débattait avec plusieurs cabas.

– C'est Eva ! s'écria Amy.

Ils accélérèrent pour la rattraper, et à ce moment, un bruit de moteur s'approcha derrière eux. Amy se retourna. C'était une décapotable rouge qui roulait à toute allure.

– Attention !

Callum et elle se jetèrent contre la haie d'une maison. Amy ne fit qu'entrapercevoir les énormes lunettes de soleil et le rouge à lèvres criant de la conductrice, qui n'avait visiblement pas l'intention de ralentir.

– Eva, écarte-toi ! hurla Amy.

La voiture klaxonna à tout va. Eva se retourna et resta tétanisée un instant. Elle finit par se décaler en titubant, laissant tomber ses cabas pour se retrouver contre une haie. La voiture passa en un éclair, dans un crissement de pneus, et disparut.

Boîtes de conserve, paquets et légumes étaient étalés sur la chaussée. Amy et Callum accoururent à l'aide d'Eva.

– Tu vas bien ? s'inquiéta Amy. Elle ne s'est même pas arrêtée. J'y crois pas !

Elle posa le ballon et entreprit de ramasser les courses d'Eva.

– Oui, ça va, je suis juste énervée... Beurk, je déteste cette bonne femme.

– C'était la mère de Lucas, expliqua Callum en ramassant une boîte de tomates et un paquet de spaghettis. C'est un danger public, dans cette voiture. L'autre jour, on faisait traverser la route à une partie du troupeau pour les changer de champ, et elle est arrivée. Elle a gardé la main sur le klaxon pendant cinq minutes. Tu devrais entendre mon père sur le sujet.

– Tu m'étonnes. Pourquoi est-elle pressée comme ça, d'abord ? l'interrogea Amy.

– D'après ma mère, elle est organisatrice de réceptions, dit Eva en ramassant un filet d'oranges. Elle doit être en livraison urgente de ballons de baudruches et de petites babioles. Carissa est quasiment pareille, et ses urgences à elle, ça ne va pas plus loin que la dernière fête du moment.

Les aliments avaient réintégré les cabas. Callum en souleva deux avec des mouvements d'haltérophile.

– Pff, c'est lourd ! Moi qui trouvais que ma mère exagérait, j'arrive pas à croire que la tienne te demande de faire toutes ces courses toute seule.

– Et si on t'aidait à rapporter tout ça chez toi ? proposa Amy. On est en train de chercher un endroit pour faire du foot, si ça te dit.

Eva s'empourpra et reprit les sacs des mains de Callum, avant de ramasser les autres.

– Merci, mais je me débrouille, fit-elle en se relevant, tête haute. Et ma mère ne m'a rien « demandé », si vous voulez savoir.

Elle repartit d'un pas traînant dans la rue, sans un regard en arrière.

– C'est Eva tout craché, observa Callum. Sympa une minute, mais ne veut pas te connaître la minute d'après.

Amy haussa les épaules, déconcertée.

– Ce n'était peut-être pas le bon moment ?

– En parlant de mauvais moment, tu as vu le temps ? fit remarquer Callum en lui désignant le ciel. Regarde un peu ce nuage noir.

Le ciel s'obscurcissait à vitesse grand V, et de grosses gouttes se mirent à tomber sur les pavés.

– La partie de foot va devoir être reportée à plus tard, conclut Callum. Buttercup ?

– J'ai une meilleure idée, avança Amy. L'hôtel Summertime !

6

Lorsque Amy et Callum atteignirent le portail de l'hôtel, la pluie tombait à torrents. Les cheveux collés au visage, les tennis imbibés d'eau, Amy avança dans les flaques, et passa par le trou de la palissade. Callum l'imita et ils coururent dans les herbes détrempées. Le tonnerre retentit dans le ciel gris et ils entendirent également autre chose.

Des voix ! Callum s'arrêta net.

– On dirait que des gens arrivent par-derrière, lança-t-il dans le grondement de l'orage.

– Oui, dit Amy en s'arrêtant à côté de lui. Ils doivent vraiment crier pour qu'on les entende !

Callum proposait de repartir quand l'une des voix parvint distinctement à Amy : des inflexions familières, agacées, qu'elle avait entendues trop souvent ces derniers temps...

– C'est Tanya, grommela-t-elle.

Avec Callum, elle courut vers l'arrière de l'hôtel, pour trouver Tanya et Lucas qui se mesuraient du regard comme deux matous prêts à se sauter à la gorge, ignorant le déluge qui leur tombait dessus.

– Comment peux-tu être aussi débile ? criait Tanya à Lucas.

Il se déplaçait le long du mur, une pierre dans chaque main.

– Comme toi, tu veux dire ? se moqua Lucas. Ah, mais non ! Je suis capable d'écrire mon nom. À côté de toi, je suis déjà un génie.

Amy s'interposa.

– Arrêtez, tous les deux.

Ils se retournèrent d'un coup, surpris.

– Qu'est-ce que tu veux faire de ça ? s'inquiéta Amy en désignant l'une des pierres.

Lucas la souleva, comme pour la lui lancer dessus. Elle recula à la hâte, et il émit un rire railleur.

– Encore toi, se plaignit-il. Et l'autre paysan en plus. Ne me dites pas que vous aussi, vous faites une fixette sur cette vieille ruine. Qu'est-ce que vous y trafiquez, tous ? Vous jouez à la maison de poupées avec Tanya l'handicapée ?

Celle-ci recula comme s'il l'avait frappée au visage. Callum avança vers Lucas.

– Dis donc, tu vas trop loin, là. Je te conseille de partir.

Lucas fit comme si de rien n'était et déclara :

– Dites adieu à votre aire de jeux.

Prenant un pas d'élan, il lança l'une des pierres avec force. Celle-ci partit vers une fenêtre du premier étage qui n'avait pas été recouverte de planches. La vitre explosa, et des éclats de verre atterrirent avec la pluie sur le sol boueux.

Pendant un instant, personne ne bougea. Même Lucas avait l'air choqué par le résultat de son acte. Puis Tanya se jeta sur lui en hurlant de rage, essayant désespérément de lui prendre l'autre pierre de la main.

Amy s'élança vers eux et saisit Tanya par les épaules. Elle la tira en arrière, puis prit le bras de Lucas, qu'elle tordit dans son dos en espérant bien se souvenir des quelques gestes d'autodéfense montrés par son amie Sophie. Le garçon poussa un cri de douleur et lâcha le caillou, donc ça avait l'air de marcher. Elle relâcha son étreinte et recula, le cœur battant.

– Maintenant, dégage, conclut-elle, haletante.

– J'y crois pas, s'exclama Lucas avec un rire qui sonnait faux. Je n'ai pas d'ordres à recevoir de toi.

Il donna un coup de pied par terre avec fureur, faisant gicler de la boue et des petits cailloux.

– Vous perdez rien pour attendre ! s'écria-t-il avant de battre en retraite.

Amy se détendit un peu. Elle regarda ses amis. La pluie tombait toujours à seaux, et Amy frissonna.

Son jean et son tee-shirt étaient trempés. La queue-de-cheval de Tanya gouttait et Callum avait de la boue sur ses jambes nues. Tanya finit par rompre le silence.

– Je me débrouillais très bien toute seule, dit-elle d'un ton sec, des éclairs dans les yeux.

– Ben on n'aurait pas dit, répliqua Callum.

Tanya repoussa sa frange trempée.

– Je n'ai pas peur de Lucas. Je n'ai besoin de personne.

Amy secoua la tête, incapable d'y croire. C'était officiel, Tanya était la personne la plus énervante qu'elle connaisse. Et Lucas suivait de près.

– Si tu le dis. Enfin, au moins, il est parti. On venait pour s'abriter pendant la pluie. Maintenant, ce n'est plus trop la peine, mais...

– Tu veux entrer avec nous ? proposa Callum.

– Oh, je ne voudrais surtout pas jouer les trouble-fêtes, déclara Tanya.

Elle ramassa son sac à dos, appuyé au mur de l'hôtel, et le secoua pour en faire tomber les gouttes. Elle disparut par une petite porte presque cachée sous la vigne vierge. C'était la sortie qu'Amy et Callum avaient fini par découvrir la veille.

– Allez, dit Amy à Callum. On évite de descendre à la cave, cette fois-ci.

Ils prirent la même porte que Tanya et Amy manqua de glisser sur un livre resté par terre.

– Il a dû tomber du sac de Tanya, suggéra Callum.

– Je le lui rendrai plus tard, fit Amy en le fourrant dans sa sacoche.

Elle ne se sentait pas capable de subir une deuxième conversation avec Tanya dans la matinée.

Malgré le ciel couvert, l'hôtel dégageait une ambiance très différente en plein jour. La lumière passait par les jointures entre les planches et révélait le luxe de l'ameublement. Sous l'épaisse couche de poussière et de toiles d'araignée, des motifs en volutes apparaissaient sur le papier peint, et la moquette était épaisse et duveteuse sous le pied.

– Le temps s'est vraiment arrêté, ici, observa Amy.

Il était également beaucoup plus facile de se repérer avec de la lumière. En entrant dans la réception, avec son lustre et son grand escalier, Amy parla à Callum des photos montrées par John, et du mystère qui entourait l'identité des propriétaires.

– C'est trop bizarre ! s'exclama le garçon. Pourquoi est-ce qu'on abandonnerait cet endroit ? À moins... suggéra-t-il en montrant des doigts crochus et en adoptant une voix d'outre-tombe... que le propriétaire ne soit encore là, dans une chambre...

Mais Amy ne fut pas effrayée. Enthousiasmée, plutôt. Peut-être pourraient-ils résoudre le mystère ? Elle imagina la joie de Pat et John si elle était en mesure de leur révéler l'identité secrète du propriétaire. Elle était sûre qu'ils aimeraient savoir de qui il s'agissait, et elle ferait de son mieux pour le leur dévoiler.

– Ça m'étonnerait, fit-elle en souriant. Mais il y a forcément un indice sur eux dans l'une des chambres, tu ne crois pas ?

Elle monta les premières marches.

– On n'a qu'à commencer l'enquête en haut et finir par en bas.

Ils passèrent devant le tableau de l'homme à la moustache, qui n'avait plus l'air aussi menaçant que dans la pénombre, et tournèrent dans un couloir qu'ils n'avaient pas exploré la veille. La moquette était ornée d'un motif floral et le plafond arborait des moulures de plâtre sur son pourtour.

Callum s'arrêta devant une porte à double battant aux nombreux ornements. Il tourna la poignée dorée d'une main et une fois qu'il eut ouvert, fit signe à Amy de l'autre.

– Après toi.

– Tu veux que je vérifie s'il n'y a pas de portemanteaux ? s'enquit Amy d'un ton moqueur.

De l'autre côté, se tenait une immense piste de danse. Des tables et chaises élégantes étaient rassemblées dans un coin.

– Une salle de bal ! s'exclama Amy.

Pat et John avaient parlé de soirées extravagantes dans cet hôtel. « Ça devait avoir lieu ici. » Elle s'agenouilla pour passer les doigts sur le bois. Sous la couche de poussière, les lames de parquet étaient dorées, cirées et glissantes...

– Regarde un peu, Callum !

Amy prit son élan sur la moitié de la piste avant d'opérer un impressionnant dérapage à genoux. Callum éclata de rire et à son tour, il glissa vers les tables avec un cri de joie. Il laissa tomber le ballon, qui roula au sol. Amy se releva d'un bond et le stoppa sans peine avec le côté du pied, puis le renvoya à Callum, qui l'attrapa en plongeant, façon gardien de but. Les yeux brillants, il s'exclama :

– On dirait bien qu'on a trouvé un endroit où jouer !

Amy regarda autour d'elle avec enthousiasme. Callum avait raison, la salle était assez grande pour des matchs à cinq contre cinq, plus un public. Elle se tourna vers lui, sourire aux lèvres.

– Que dirais-tu d'un tournoi de foot à l'hôtel Summertime ?

— Je ne sais pas, Amy. On ne devrait même pas être ici. Plus il y aura de jeunes qui seront au courant, plus il y aura de risques que la personne qui s'occupe de l'hôtel s'en rende compte.

— Raison de plus de découvrir qui étaient les propriétaires, alors ! S'ils sont toujours en vie quelque part, on pourra leur demander l'autorisation de jouer ici. Ce n'est pas comme s'ils se servaient de la salle pour autre chose.

— Ah oui, trop simple ! Tout ce qu'on a à faire, c'est fouiller ce bâtiment immense à la recherche d'indices sur un propriétaire si mystérieux que même du temps où l'hôtel était ouvert, personne n'arrivait à savoir qui c'était...

— Dans ce cas, il vaudrait mieux qu'on s'y mette tout de suite, tu ne crois pas ?

Sur un côté de la salle se trouvait une autre porte à double battant. Amy l'ouvrit pour révéler un salon décoré de rideaux de velours vert qui tombaient au sol, le tissu formant comme des flaques d'eau émeraude. Des fauteuils et canapés en cuir étaient disposés en groupes autour de tables chargées de carafes en cristal, de verres ballons et de cendriers. Sur l'un des fauteuils était posé un blouson en cuir au col doublé de fourrure. « Il a peut-être été oublié quand l'hôtel a fermé », pensa Amy. Elle aperçut quelque chose de brillant dans l'une des poches et en retira un mince étui d'argent. Quand elle appuya sur le mécanisme sur un côté, il s'ouvrit. À l'intérieur, se trouvaient quatre cigarettes, retenues par un élastique doré. Une vieille photographie cornée était glissée derrière.

– Callum, viens voir ! s'écria Amy.

La photo montrait l'homme hautain du tableau. Assis à un bureau, il regardait l'objectif d'un air sérieux, et derrière lui se tenait une femme, les mains posées sur le dossier. Elle portait une robe à sequins et un grand collier de perles. Le maquillage lui faisait des yeux charbonneux.

– On dirait une actrice, commenta Callum. Le gars du tableau est peut-être le propriétaire ? Visiblement, il est assez riche.

Amy hocha la tête.

– Voyons ce qu'on peut trouver d'autre.

Chaque porte qu'ils ouvraient semblait révéler un peu plus du passé de l'hôtel et des personnes qui y avaient résidé. Dans une chambre, Callum trouva sur un lit à baldaquin des gants de conduite faits d'un cuir extrêmement doux, et dans une autre, Amy découvrit une valise remplie à craquer de somptueux atours. Elle leva l'une des robes à sa hauteur. Elle comptait quatre ou cinq jupons de dessous et quand elle la fit tourner, la robe montra une envergure impressionnante. Callum passa la tête par la porte.

– Viens voir la bibliothèque ! Elle est au bout du couloir.

– J'arrive.

Amy reposa la belle robe sur le lit. Elle avait remarqué, jouxtant la chambre, une salle de bains qu'elle souhaitait explorer. Décorée de carreaux turquoise, dont certains étaient fendus, elle comprenait en son centre une baignoire dressée sur des pieds de métal telle un lion et une petite table à côté. Dessus, une bouteille de parfum et une brosse à cheveux couvertes de poussière. Amy remarqua une étoffe froissée sous la table.

Elle la ramassa. C'était un peignoir de soie couleur menthe, aux broderies rose, orange et rouge représentant des colibris.

– Waouh, souffla Amy.

Le peignoir, piqué par le temps, restait malgré tout superbe. Elle repensa à l'étui à cigarettes dans le blouson en cuir et glissa la main dans l'une des poches. Elle n'y trouva rien, mais dans la deuxième, ses doigts effleurèrent une feuille de papier.

– Dans le mille.

Surexcitée, elle s'assit sur le rebord de la baignoire et se mit à lire l'écriture démodée sur la page.

Charlotte,

Ces derniers mois, vous avez eu un comportement intolérable. Votre mépris des conventions sociales ne paraît pas connaître de limites. Je dois vous avertir que, pour finir, ma patience est à bout.

Vous êtes mon épouse, et je vous ordonne de revenir à notre domicile sur-le-champ. Il se pourrait que nous arrivions à un arrangement en ce qui concerne votre pension, la possibilité de rendre visite à vos amis habitant en province, et les autres réclamations que vous désirerez m'exposer.

Je compte sur votre présence d'ici la fin de cette semaine. Je suis persuadé qu'aucun de nous deux ne souhaite voir le triste spectacle qu'offrirait ma venue à l'hôtel Summertime pour vous ramener chez nous.

Giles

Amy relut la lettre en entier. « Pauvre Charlotte », pensa-t-elle. Son mari avait vraiment l'air d'un affreux personnage. Était-elle venue à l'hôtel pour le fuir ? Elle se demanda quelle avait été la suite des événements, espérant que Charlotte avait trouvé une issue heureuse.

Elle partit dans le couloir avec la lettre pour rejoindre la bibliothèque. La pièce était grande et octogonale, chaque mur tapissé d'étagères garnies de livres. Au centre, se trouvaient des bibliothèques.

L'air était saturé d'une odeur de vieux papier poussiéreux, et Amy plissa le nez. Elle vit une échelle accrochée aux étagères, qui couraient du sol au plafond, et un bureau adossé à un mur. Mais il n'y avait personne.

— Callum ? demanda-t-elle d'une voix timide.

Elle se promena entre les rayonnages, sans détecter aucun signe de présence. « Il m'aurait quand même prévenue s'il partait autre part ? »

Elle abandonna sa recherche et appela le numéro de Callum sur son portable. Elle sursauta en entendant la sonnerie retentir à l'autre bout de la pièce. Elle se précipita et découvrit le téléphone sur le bureau. L'estomac noué par l'inquiétude, elle cria aussi fort qu'elle pouvait :

— Callum !

Pas de réponse.

Même si elle détestait cette idée, Amy n'arrivait pas à comprendre ce qui s'était passé, et elle avait besoin d'aide.

7

Les sourcils froncés, Tanya parcourait la bibliothèque du regard.

– Et tu es sûre qu'il était là ?

– Certaine, répondit Amy en désignant le téléphone de Callum.

– Il doit y avoir une explication.

– J'espère. Franchement, je commence à flipper.

Tanya releva ses cheveux humides en queue-de-cheval et déposa son sac à dos à côté de l'une des bibliothèques centrales.

– Il est forcément par là, quelque part, dit-elle d'une voix étonnamment douce. Ne t'inquiète pas, on va le trouver.

Elle se dirigea vers l'une des fenêtres condamnées et s'escrima sur une planche jusqu'à l'arracher. La pluie avait enfin cessé, et un flot de lumière vive envahit la pièce.

– Voilà qui pourrait nous aider, commenta-t-elle.

Elles explorèrent chaque recoin dans l'espoir de trouver des signes de Callum. Tanya se mit à quatre pattes pour passer dans les espaces poussiéreux entre les bibliothèques. Amy s'intéressa à l'échelle accrochée aux étagères, montée sur un rail de façon à pouvoir la faire glisser dans toute la pièce. Elle agrippa les montants, qui semblaient solides, et monta jusqu'au plafond octogonal. De là-haut, elle surplombait la pièce. Elle ne vit pas d'autre sortie que la porte qu'elles avaient passée pour entrer, et pas d'autre signe de vie que Tanya, qui regardait par-dessus une pile de vieux livres.

– Rien, conclut-elle en descendant. Il a dû partir d'ici pour une raison ou une autre.

– Il est peut-être rentré chez lui, hasarda Tanya.

Amy s'appuya contre le bureau. Elle n'avait rencontré Callum que la veille, mais cela n'avait pas l'air d'être son style. Qu'avait-il pu se passer ? Pensive, elle tritura la bouteille d'encre vide à côté du téléphone de Callum. Quand elle essaya de la soulever, celle-ci ne bougea pas. « Bizarre... »

Elle regarda le flacon de plus près. L'étiquette annonçait la couleur turquoise, avec au-dessus le nom de la marque : « Tourner ». Tanya vint l'examiner aussi, et croisa le regard d'Amy.

– Tu crois... ?

– Il n'y a qu'un moyen de savoir, dit Amy en faisant pivoter le flacon sur lui-même.

On entendit un craquement au niveau du mur le plus proche, suivi d'une série de cliquetis, comme si des verrous s'ouvraient. Alors, à la surprise des deux filles, le mur se mit à bouger, avec les étagères, et un panneau s'avança vers elles, comme une porte. L'ouverture révéla un passage sombre, humide et tapissé de toiles d'araignée.

– Ça alors ! s'exclama Amy.

Tanya ouvrait des yeux ronds.

– Amy ? appela une voix étouffée.

« C'est Callum ! »

– On est ici ! cria-t-elle.

Callum arriva en courant par le passage.

– Ce que je suis content de te voir ! s'écria-t-il en déboulant dans la pièce. Il avait les cheveux semés de plâtre blanc, les vêtements souillés, et une toile d'araignée accrochée à l'épaule. En apercevant Tanya, il afficha un air surpris.

– Tiens, salut.

– Tanya m'a aidée à te chercher, expliqua Amy. J'ai cru que tu t'étais volatilisé ! Tu ne m'as pas entendue crier ?

– Non, le mur doit être très épais. Quand l'étagère s'est ouverte, je me suis avancé et clac, elle s'est refermée sur moi. Je me croyais enfermé pour toujours ! Le passage se poursuit très longtemps. J'étais arrivé assez loin, dans l'idée de trouver une autre sortie, quand j'ai entendu le mécanisme se remettre en marche. Je me suis dit que tu avais dû trouver la bouteille d'encre.

– C'est cool, non ?

– Oui. Cet hôtel a plus d'un tour dans son sac. Écoutez, merci, toutes les deux. C'était franchement pas rassurant, là-dedans.

Amy bloqua avec soin les étagères amovibles à l'aide de la chaise de bureau et fit quelques pas dans le passage. Des taches brunes couvraient le sol, dont certaines suintaient.

– Vous pensez que ce sont des crottes de souris ?

– Non, à moins qu'elles n'en laissent aussi sur les murs, dit Callum en montrant des taches au-dessus de la tête d'Amy.

– Beurk !

Tanya s'introduisit à son tour dans le passage, évitant avec soin les endroits suspects.

– Je me demande pourquoi il a été construit, dit-elle en regardant autour d'elle. Vous croyez qu'il y avait des gens qui s'y cachaient ?

Amy porta la main à la lettre dans sa poche. Charlotte connaissait-elle l'existence du passage secret ? S'était-elle terrée là pour échapper à Giles ?

Elle s'apprêtait à montrer la lettre aux autres lorsqu'une voix étouffée leur parvint.

– Callum ? Callum !

Ils se regardèrent, interdits. Callum poussa un soupir incrédule et remonta vers la bibliothèque. Les filles le suivirent, et Amy déplaça la chaise pour refermer les étagères. Callum s'était rendu à la fenêtre dégagée de ses planches par Tanya.

– Callum ! Sors d'ici tout de suite ! cria une voix.

Le garçon grimaça.

– Et mince, mes parents.

Amy et Tanya vinrent regarder par-dessus son épaule. La bibliothèque se situait à l'avant du bâtiment, et la fenêtre donnait sur l'allée détrempée. Une femme se tenait au milieu, se protégeant les yeux du soleil pour regarder vers l'intérieur. Ses cheveux bruns frisés ressemblaient à ceux de Callum. Amy distingua un gros 4 × 4 de l'autre côté du portail, avec un homme appuyé contre le capot. Il porta un téléphone à son oreille et deux secondes plus tard, la sonnerie de Callum retentit.

– Éloignez-vous de la fenêtre ! siffla-t-il.

Il se mit à quatre pattes et entreprit d'aller jusqu'à la porte de cette façon.

– Euh, tu fais quoi, là ? l'interrogea Amy.

– Je m'enfuis, bien sûr ! chuchota Callum. Il y a peut-être une sortie secrète. Ou alors je pourrais descendre le long d'une gouttière, ou juste m'enfermer à nouveau dans le passage secret. Tout plutôt que d'affronter ma mère en colère.

Amy s'efforça de masquer son sourire.

– Désolée, Callum, mais je ne pense pas que ta mère te laisse le choix. Elle a l'air certaine que tu es ici.

– Mais elle m'a interdit de m'introduire ici ! Toute ma vie, elle m'a bassiné sur le fait qu'il ne fallait pas venir dans cet hôtel.

– Je suis sûre qu'on pourra lui expliquer, répondit Amy. Je vais venir avec toi.

– Tu ne connais pas ma mère, gémit Callum.

Amy ne tint pas compte de sa réponse et lui tira sur la main pour le forcer à se relever. Elle le poussa en dehors de la pièce et récupéra le ballon de foot, qui était resté dans le couloir.

– Vas-y, je te suis.

– Moi aussi, décréta Tanya en reprenant son sac à dos.

Amy se tourna vers elle, surprise.

– Tu n'es pas obligée. Si tu veux retourner à la cave, on ne dira à personne que tu es ici.

Tanya mit son sac sur son épaule.

– Non, ça va. J'ai envie de venir.

Amy sourit. Apparemment, l'aventure de Callum avait servi à quelque chose. « Peut-être que Tanya est prête à être amie avec nous, finalement », pensa-t-elle.

Ils sortirent par la petite porte qu'ils avaient utilisée pour entrer et pataugèrent jusqu'à l'avant de l'hôtel. La mère de Callum était en train de crier :

– Sors d'ici tout de suite, jeune homme !

Quand elle l'aperçut, encadré d'Amy et de Tanya, elle fondit sur lui, avec l'allure d'un général d'armée. Amy grimaça. Ça n'allait pas être joli.

– Callum Dunn, on peut savoir à quoi tu joues ?

– Désolé, maman, j'ai pensé...

– Non, tu n'as pas pensé ! C'est bien le problème ! Combien de fois te l'ai-je dit ? s'écria sa mère en agitant un doigt vers l'hôtel. C'est une ruine ! Trop risqué ! Il aurait pu t'arriver n'importe quoi, là-dedans, et ton père et moi, on en aurait entendu parler pendant des jours.

Amy se racla la gorge.

– Madame Dunn ? C'est moi qui ai eu l'idée d'entrer dans l'hôtel...

– Ah oui ? fit-elle en la dévisageant d'un regard mauvais. Alors tu n'es pas le genre d'amie qu'il faut à mon fils. Heureusement que quelqu'un a eu le bon sens de nous avertir.

« Quelqu'un ? pensa Amy. Il n'y a qu'une personne qui était au courant... »

Pas difficile de comprendre ce qui s'était passé. En effet, quand elle regarda plus loin sur la route, Amy aperçut Lucas, négligemment appuyé contre un mur, en train de lécher une glace. Elle sentit une colère noire l'envahir. Il lui adressa un signe de la main puis s'éloigna d'un pas léger, comme si la vie lui souriait.

La mère de Callum le faisait avancer en le tenant par le coude. Le trou dans la palissade couvrant le portail avait été agrandi par les parents. Callum s'y glissa.

– Dans la voiture, tout de suite, ordonna sèchement Mme Dunn.

Le père lui ouvrit une portière arrière.

– À demain, peut-être ? dit Callum avec espoir à Amy et Tanya à travers la grille.

– Alors là, tu rêves ! cria sa mère en passant à son tour par le trou. Vous deux, vous ne reverrez plus mon fils, c'est compris ?

Amy et Tanya acquiescèrent de la tête.

– Je sais que vous êtes toutes les deux à Apple Cottage. J'ai déjà averti Pat et John de vos agissements. À votre place, je rentrerais tout de suite. Ils doivent vous attendre.

Elle passa à l'avant du 4 × 4. Amy aperçut l'air malheureux de Callum par la vitre arrière, puis le véhicule s'éloigna.

Amy sentit son moral chuter jusque dans ses chaussettes. Sans Callum à voir, Foxwood allait être beaucoup plus solitaire.

8

— Ce Lucas, je n'en reviens pas, fulmina Amy, qui repartait avec Tanya vers Apple Cottage. Je savais déjà qu'il ne valait rien, mais de là à tout gâcher pour les autres ! Pour qui se prend-il ? Tu as déjà rencontré quelqu'un d'aussi insupportable ?

Elle ne reçut aucune réponse. En se retournant, elle s'aperçut que sa demi-sœur se traînait à quelques pas derrière, les yeux rouges et gonflés, une larme lui coulant sur la joue. Amy sentit une pointe de culpabilité. Elle était malheureuse de perdre un ami et de dire adieu au foot dans la salle de bal, mais le Summertime représentait aussi beaucoup pour Tanya. « Elle était là avant moi et Callum », pensa-t-elle.

D'un geste maladroit, elle lui entoura l'épaule du bras.

— Je suis désolée que ta cachette ait été découverte.

Tanya renifla d'un air dépité, aussi Amy poursuivit, décidée à la réconforter :

— Je pourrais t'aider à trouver un autre endroit ? Encore mieux que l'hôtel ?

« On sait bien que c'est impossible », reconnut-elle en son for intérieur.

Tanya secoua la tête et, en reniflant, se dégagea de l'étreinte d'Amy.

— Ça sert à rien. Allez, on ferait mieux de rentrer avant que ma grand-mère appelle les secours.

— Peut-être que ça ne les embêtera pas qu'on y soit allées, suggéra Amy avec espoir. Ils m'ont montré de vieilles photos ce matin, et ils ne m'ont pas interdit d'y aller.

— Tu parles, on ne pourra pas y retourner. Ils trouveront ça dangereux et seront furieux. C'est comme ça, les adultes. Lucas a tout fichu en l'air.

Amy savait qu'elle avait raison. Elles parcoururent le restant du chemin en silence. Pat les attendait au portail, bras croisés et front plissé. John et Thomas, dans le jardin aussi, nourrissaient les chèvres. Quand John les vit approcher, il laissa le petit garçon jouer avec Bart et rejoignit sa femme.

— On est bonnes pour un savon, murmura Tanya. Je ne les ai jamais vus aussi fâchés.

— Coucou, fit Amy avec un geste penaud.

Lorsqu'elle passa le portail avec Tanya, Thomas les aperçut et s'approcha lui aussi en sautillant pour se glisser devant Pat et John.

– Vous allez avoir des problèmes ! annonça-t-il, tout excité en dansant d'un pied sur l'autre.

– J'ai reçu un coup de fil de la mère de Callum, tout à l'heure, commença Pat d'un ton sérieux. Vous voulez bien me dire ce que c'est que cette histoire ?

– Je ne sais pas ce qu'elle a raconté, mais ce n'est pas aussi grave que tu pourrais croire, avança Tanya aussitôt.

– Ah oui ? Tu ferais mieux de t'expliquer.

Tanya avait l'air décontenancé, visiblement chamboulée de ne plus être dans les petits papiers de sa grand-mère.

– Je peux dire quelque chose ? intervint Amy d'un ton hésitant.

John opina de la tête.

– Ce serait appréciable que l'une de vous puisse nous dire ce qui se passe.

– C'est vrai que l'hôtel est abandonné depuis longtemps, mais je vous assure que ce n'est pas dangereux à l'intérieur. Avec un bon nettoyage, il serait comme sur les photos que vous m'avez montrées.

Mais au lieu d'être rassurée, Pat eut l'air encore plus en colère.

– Alors Mme Dunn avait raison. Vous vous êtes introduits sur une propriété privée ! explosa-t-elle.

– Franchement, les filles, c'était idiot, ajouta John.

Amy se sentit mal en lisant la déception sur son visage.

– J'espérais qu'elle ait exagéré, poursuivit Pat, le rouge aux joues. Je me suis dit, quand même, pas Amy et Tanya. Elles sont bien trop raisonnables pour s'introduire sans autorisation dans un bâtiment en ruines.

– Je peux aller voir, moi aussi ? l'interrompit Thomas.

John lui ébouriffa les cheveux.

– Personne ne s'approchera plus de cet hôtel. Et il s'agirait de penser à l'exemple que vous donnez. C'est valable pour toi aussi, Tanya. Thomas est ton demi-frère, et tu dois penser que ton comportement a des conséquences sur lui.

Thomas arrêta de sautiller et les regarda tous, l'air perdu. Le chevreau lui donnait de petits coups de tête, mais il n'eut pas l'air de s'en apercevoir. Amy se sentit très bête : c'était une chose de ne pas recevoir les félicitations du jury, mais c'en était une autre de bouleverser son frère.

– On est vraiment désolées.

– Oui, approuva Tanya avec ardeur. On ne recommencera pas.

– Encore heureux, soupira Pat. En tout cas, ça veut dire que vous vous entendez un peu mieux. Ça fait plaisir.

Amy se dandina sur place, gênée. Elle savait que Pat avait deviné quelque chose, mais pour la première fois, elle voyait la situation du point de vue de ses nouveaux grands-parents. Ce ne devait pas être drôle pour eux non plus de les voir à couteaux tirés.

– Euh, mamy ? Je peux aller dans ma chambre, maintenant ? demanda Tanya.

– D'accord. Mais plus tard, on va parler des règles à suivre pendant votre séjour ici. (Elle jeta un œil sur sa montre.) Allez John, il faut qu'on aille éplucher les légumes pour le repas.

Amy prit la main de son frère, toujours inquiet.

– On va peut-être rester jouer au jardin, si c'est possible ?

Pat fit un signe d'assentiment et rentra avec John.

Amy ne pouvait changer ce qui venait de se passer, mais il lui était possible de distraire Thomas.

– Et si tu t'entraînais à marquer des buts ? proposa-t-elle.

Il acquiesça, et elle fabriqua des poteaux à l'aide de son cardigan et d'un arrosoir, puis se plaça entre les deux en adoptant sa meilleure pose de goal. Thomas alla chercher un petit ballon, et quand il tira, Amy plongea de façon exagérée et manqua délibérément.

– Quel but ! s'exclama-t-elle d'une voix de commentateur sportif. Thomas Gordon, meilleur buteur de l'année, renouvellera-t-il son exploit ?

Thomas posa le ballon devant lui avec soin et recula de quelques pas. L'air très concentré, il courut pour taper à toute force dans le ballon, qui passa bien au-dessus de l'arrosoir, vola par-dessus la barrière pour aller s'échouer dans le champ d'à côté.

– Oups.

– T'inquiète, fit Amy.

En fait, elle n'était pas ravie, car elle ne se rappelait que trop bien que toutes les terres autour d'Apple Cottage appartenaient à la famille de Lucas. C'était sûrement le cas du champ de blé où avait atterri le ballon. Thomas se pencha par-dessus la barrière, l'air soucieux.

– Je ne le vois pas.

– Je vais le chercher, répondit Amy en lui souriant, comme si farfouiller dans les champs du domaine Richards était son activité favorite. Si tu nous rapportais quelque chose à boire, pendant ce temps ?

Thomas repartit vers le cottage et Amy se hissa par-dessus la barrière. De l'autre côté, le blé lui arrivait à la taille et lui chatouilla les bras quand elle s'accroupit. Le ballon était bleu vif, et elle le trouva vite à quelques mètres de là. « Ouf, ça n'a pas pris longtemps », se dit-elle en se relevant.

Elle allait repartir quand, au loin, elle vit le soleil se refléter sur quelque chose. Protégeant ses yeux du soleil, elle aperçut une mobylette couchée sur un chemin de terre, devant l'un des bâtiments appartenant aux Richards. Évidemment, qui était penché dessus, une boîte à outils à côté de lui ? Lucas. « Il doit encore rigoler de la façon dont la mère de Callum nous a fait sortir de l'hôtel », se dit-elle. La colère la traversa comme un courant électrique. Elle se souvint de ce que lui avait dit son père il y a quelques années : « Les empêcheurs de tourner en rond se croient tout permis parce que personne ne leur résiste. » Eh bien, elle allait résister à Lucas, et tout de suite ! Le ballon sous le bras, elle se dirigea vers le chemin de terre.

Quand son ombre atteignit Lucas, il sursauta. Il lâcha une clé et se redressa.

– Lucas Richards, j'ai deux ou trois trucs à te dire.

Son interlocuteur retrouva vite sa contenance et esquissa une moue suffisante très agaçante.

— Attends, je devine. Tu voudrais me remercier de t'avoir invitée à ma fête, ou de laisser ta famille vivre dans ce vieux cottage, alors que papa pourrait facilement les expulser ?

Amy poussa un soupir exaspéré. Elle n'était plus surprise par l'arrogance du garçon.

— Je voulais plutôt te remercier d'avoir rapporté, comme le gros bébé que tu es.

Sa moue fut remplacée par un regard venimeux.

— J'espère que tu n'as pas oublié de préciser que tu étais là aussi, poursuivit Amy. Ah, et aussi que tu as cassé une vitre. Mme Dunn a bien compris ça ? Non ? Alors je devrais peut-être aller en parler à ton père.

— Me parler de quoi ? demanda une voix rocailleuse.

Amy se retourna pour découvrir une Mercedes noire reluisante qui s'était arrêtée près d'eux en silence. La vitre du conducteur était baissée et un homme les regardait derrière des lunettes noires. Quand il descendit de voiture, Amy vit que sa chemise blanche amidonnée, rentrée dans son pantalon beige, couvrait une bedaine proéminente.

— Alors ? insista M. Richards. Qu'alliez-vous me dire ?

– Rien, papa, s'empressa de répondre Lucas, qui, mal à l'aise, racla le chemin du pied.

M. Richards ôta ses lunettes et adressa à Amy un regard glacial.

– Qui êtes-vous ?

– Amy Gordon. Je suis à Apple Cottage en ce moment.

– Vous saluerez Pat et John de ma part, dit-il d'un ton doucereux.

En même temps, il tirait un téléphone de sa poche et tapota l'écran. Amy comprit qu'il se fichait complètement des grands-parents de Tanya. Il désigna Lucas d'un geste, portable toujours en main.

– Si vous êtes venue voir mon fils, sachez qu'il est occupé.

– Je partais, répondit aussitôt Amy en levant le ballon. Mon petit frère l'avait lancé dans votre champ, et je venais juste le récupérer.

– Et c'est fait. Lucas, tu dois avoir des devoirs.

– Mais les vitesses ne s'enclenchent pas bien, protesta Lucas. Tu pourrais regarder ? J'ai essayé de tout resserrer, mais ça n'a pas marché.

– Qu'est-ce que je viens de dire ? s'emporta M. Richards en agitant son téléphone. Tu crois que j'ai du temps à perdre, avec tout le travail que j'ai ? Laisse ça et retourne à la maison.

– Bien, papa.

Lucas avait l'air anéanti. C'était maintenant au tour d'Amy de se sentir dans ses petits souliers. Il ne devait pas avoir envie qu'on assiste à cela.

M. Richards remonta dans sa Mercedes, sans cesser de pianoter sur son téléphone. Il fit demi-tour dans sa grosse berline et repartit en direction du village.

Lucas ramassa la boîte à outils, les yeux baissés, et reprit le chemin du domaine du Nouveau Manoir. La mobylette, celle qu'il utilisait le jour où il avait été catapulté dans les meules de foin, resta abandonnée par terre. Amy ne put s'empêcher de sentir un élan de sympathie envers Lucas. Certes, elle ne voyait pas sa mère aussi souvent qu'elle le voulait, et c'était plus que bizarre que son père ait épousé Cathy, mais elle ne doutait pas qu'ils l'aimaient. Lucas pouvait-il en dire autant de ses parents ? Elle n'en était pas certaine.

9

— Salut, papa. C'est moi.

— Mimy ! Tu vas bien ? cria son père.

Amy sourit en entendant son petit surnom. Elle s'enfonça dans les coussins contre le mur, le téléphone au creux de l'épaule. Après sa rencontre avec M. Richards, elle avait ressenti le besoin d'entendre la voix de son père. De plus, elle devait lui dire de mettre les choses au clair avec Thomas sur la nouvelle configuration de leur famille ; le plus tôt serait le mieux.

— Tu n'as pas besoin de hurler, se moqua-t-elle. Grâce au miracle des technologies modernes, je t'entends, même depuis la Turquie.

Le rire de son père résonna.

— Un peu d'indulgence pour un vieux bonhomme, voyons. Bon, ça tombe bien que tu m'appelles.

— Ah oui ?

— J'ai de très bonnes nouvelles. Tu te souviens du site archéologique découvert par des touristes au Maroc ? Je t'avais transmis un article, il y a quelques semaines.

– Euh, oui.

Amy avait oublié de lire la pièce jointe.

– En fait, figure-toi qu'il contient des tas de bijoux. Comme c'est la spécialité de Cathy, on lui a demandé de prendre la tête de la fouille.

– Chouette.

– C'est un site énorme, Mimy. Il y a beaucoup de travail pour quelqu'un comme moi aussi. Alors j'ai pensé... Enfin voilà, je me suis dit que je pourrais y aller avec Cathy.

Amy eut froid, tout à coup.

– Oh. Mais Thomas et moi, qu'est-ce qu'on devient ?

– En fait, les fouilles ont déjà commencé, alors on va prendre l'avion directement depuis ici. Cathy a appelé Pat et John tout à l'heure, et ils seront très contents de vous garder avec Tanya jusqu'à la fin de l'été.

« Quoi ? » Amy n'en croyait pas ses oreilles.

– Les semaines vont filer, tu sais, poursuivit son père avec entrain. Je vous appellerai très souvent. Par contre, ne dis rien à Tanya pour l'instant. Cathy veut le lui annoncer elle-même.

« Qu'elle s'en charge », pensa Amy. Comment allait réagir sa demi-sœur imprévisible ? Elles étaient en trêve en ce moment, mais cette nouvelle allait sûrement relancer les hostilités. Pour couronner le tout, Callum et l'hôtel Summertime, qui seuls rendaient Foxwood supportable, lui étaient désormais interdits, grâce à l'intervention de Lucas. Comment allait-elle encaisser tout ça ?

– Amy ? Tu ne dis rien.

Elle déglutit avec peine, la gorge serrée.

– Qui va en parler à Thomas ?

– Ben, je me disais que tu pourrais...

– J'aurais dû m'en douter, dit Amy, qui haussa le ton. Et je dois aussi lui annoncer que Tanya est sa nouvelle sœur ? Qu'on quitte l'appartement où il a toujours vécu ? Que tout a changé pour toujours ? Parce qu'on ne peut pas dire que tu aies assuré pour tout lui expliquer, papa. Il ne comprend rien à tout ce qui se passe.

– Je lui ai expliqué comme je pouvais. Il est très jeune, ça va prendre du temps...

– OK, papa. Amuse-toi bien au Maroc avec Cathy. Ne t'en fais pas pour nous.

– Allez, Amy, tu es injuste.

– Non, ce qui est injuste, c'est de larguer tes enfants pour tout l'été !

Amy raccrocha et jeta le téléphone sur le lit. Elle se roula en boule, les mains sur la tête. Sa déception était grande. Dire qu'elle se sentait si reconnaissante d'avoir un père comme lui ! Et quel résultat ! Deux semaines loin de chez elle, elle pouvait encaisser, ou à peu près, mais tout l'été ? Les larmes lui montèrent aux yeux. Le téléphone sonna et, voyant que c'était son père, elle ne prit pas l'appel.

Après un long moment, elle se redressa et s'essuya les yeux à sa manche. Le téléphone était tombé à terre. Elle le ramassa pour appeler Callum.

– Bienvenue au pays des vaches ! lança celui-ci.

Amy sentit son humeur s'améliorer un petit peu, et lui raconta le changement de programme pour l'été.

– Bon, ce n'est pas si mal, commenta-t-il. Ça nous donne le temps de résoudre le mystère des propriétaires de l'hôtel et de mettre en place ton plan diabolique de foot à cinq.

– Je ne vois pas comment. Déjà, tu n'as pas le droit de sortir. Et de toute façon, on a interdiction de retourner au Summertime.

– Mais où est passé ton esprit combatif ? s'étonna Callum. Celle qui m'a convaincu de m'introduire dans l'hôtel n'aurait pas abandonné aussi facilement.

– Sans doute pas, reconnut Amy avec un petit sourire. C'est quoi, ton idée ?

– D'après mon expérience, quand ma mère m'interdit de sortir, ça dure vingt-quatre heures maximum. Ensuite, elle a besoin de moi pour une corvée ou une autre. Demain, c'est son jour habituel de courses alimentaires. Je te garantis que si je lui propose de les faire, elle lèvera ma punition.

– Tu crois ? Elle était vraiment très en colère.

– Crois-moi, elle va se calmer. Elle est du genre feu d'artifice : elle part vite, mais elle s'éteint vite aussi. Je t'appellerai quand je serai au village, et on pourra se retrouver au Summertime.

– Mais...

– C'est parfait ! C'est le dernier endroit où on nous cherchera. On s'assurera juste de ne pas être vus, cette fois.

Amy éclata de rire.

– Quelle logique tordue, Callum Dunn. Et d'abord, qu'est-ce qui t'arrive ? Avant, tu étais pétrifié à l'idée d'entrer dans l'hôtel, et maintenant, tu veux y retourner le plus vite possible !

– Que veux-tu, ma mère doit être dans le vrai. Tu as une mauvaise influence sur moi.

Amy se sentait beaucoup mieux d'avoir parlé à son ami. Peut-être avait-il raison ? Elle pouvait retirer quelque chose de positif de son séjour prolongé ici. Après avoir raccroché, elle constata qu'elle avait reçu cinq appels et un SMS de son père :

Je comprends que tu n'aies pas envie de parler. Je ne veux pas que tu sois triste par ma faute. Réessaierai plus tard. Bises.

Elle se leva et mit son téléphone dans sa poche. Elle répondrait un peu plus tard, quand elle se serait éclairci les idées.

Elle entendit le portail et regarda par la fenêtre. Elle ne s'attendait pas à ce qu'elle découvrit : Thomas prenait la route, son sac à dos sur les épaules, menant Bart en laisse à l'aide d'une ficelle. Amy sentit son cœur se serrer. « Il veut fuguer ! » Horrifiée, elle ouvrit la fenêtre à toute volée.

– Thomas ! hurla-t-elle.

Il s'arrêta et regarda vers elle d'un air grave.

– Attends là ! Ne bouge pas !

Elle sortit en courant de sa chambre et descendit l'escalier quatre à quatre. Elle se rua dans le jardin sous les yeux étonnés de Pat et John, puis arriva au portail. À son soulagement, Thomas était toujours là, occupé à caresser Bart.

– Thomas, haleta-t-elle. Où tu vas comme ça ?

– Je rentre à la maison. Je ne veux plus rester ici. Je veux qu'on reste que tous les quatre : toi, moi, papa et maman. Avec Bart, renifla-t-il. Je ne veux pas d'une autre sœur. Je t'ai déjà.

Amy s'agenouilla et l'embrassa.

– Bien sûr, que tu m'as, et je serai toujours là pour toi.

Elle sentit qu'il lui rendait son étreinte, sa petite tête enfouie contre son cou. Elle ravala les larmes qui menaçaient à nouveau de sortir. « Allez, Amy », se motiva-t-elle. Si ses parents n'étaient pas là pour prendre soin de lui, alors c'était à elle de le faire. Elle se dégagea doucement pour voir son visage.

– Il y a des choses qui ne changeront *jamais*. Maman, papa, et moi, on t'adore. On est toujours une famille, mais avec plus de membres, maintenant.

Thomas reposa la tête contre elle.

– Tout va bien se passer, je te promets. Et puis, qu'est-ce que je ferais sans mon frère ? lui demanda Amy en le relevant et en lui tendant la main. On prend soin l'un de l'autre jusqu'au retour de papa, d'accord ?

Thomas acquiesça et lui prit la main. Ensemble, ils retournèrent au cottage, Bart trottinant sur leurs talons.

Callum avait vu juste au sujet de sa mère. Le lendemain matin, il était de retour à l'hôtel avec Amy. Celle-ci se sentait un peu coupable, sachant que Pat et John seraient très fâchés s'ils venaient à l'apprendre. Mais ils allaient peut-être obtenir une autorisation des propriétaires et prouver à tout le monde qu'il n'y avait pas de danger, et dans ce cas ses nouveaux grands-parents devraient comprendre ? Elle ne pouvait que l'espérer, mais la perspective de matchs à cinq contre cinq valait la peine de courir le risque.

Ils étaient dans la salle du courrier, non loin de la porte qui s'était claquée derrière eux lors de leur première visite. Comme partout ailleurs, tout était couvert d'une épaisse couche de poussière et de crasse. Les lettres avaient été entassées au hasard sur les étagères de bois et éparpillées sur un grand bureau contre le mur du fond. Deux sacs de poste étaient étalés par terre, vides.

Amy et Callum passaient en revue les lettres dans l'espoir de découvrir des indices sur l'identité des propriétaires. Callum regardait des enveloppes une par une sur les étagères, pendant qu'Amy faisait de même pour celles du bureau. C'était pour la plupart du courrier officiel. Sur les enveloppes, jaunies par le temps et fines comme du papier à cigarette, on voyait des adresses tapées à la machine à écrire. « On va peut-être trouver des factures avec les coordonnées des propriétaires », espéra Amy.

Elle se tourna pour tirer une chaise et renversa du coude une pile de lettres. Elle se baissa pour les ramasser et remarqua une des enveloppes, qui sortait du lot. D'un papier rose doux, elle montrait une adresse rédigée à la main, d'une belle écriture à fioritures. Amy l'ouvrit délicatement.

Elle la parcourut et poussa un cri de surprise.

– Incroyable ! Callum, tu te souviens de la lettre trouvée dans le peignoir, que je t'ai montrée ce matin ? En voici une autre, adressée à une Charlotte !

Elle lut tout haut :

Ma très chère Charlotte,

Je dois te dire par écrit ce que mon cœur brûle de te déclarer en personne : je t'aime, et je jure de t'aimer toujours.

Je t'attendrai à côté de la piscine demain soir à vingt heures. Si tu partages mon sentiment, j'espère que tu viendras m'y rejoindre. Ma belle Charlotte, c'est mon souhait le plus cher de trouver un moyen d'être ensemble.

À toi pour toujours,

Edward

Avec une grimace, Callum commenta :

– J'ai rarement entendu un truc aussi mélo.

– Oui, mais est-ce qu'il s'agit de la même Charlotte, à ton avis ? s'impatienta Amy.

— Sûrement. Dans la première lettre, Charlotte avait l'air d'avoir fui son mari. Peut-être qu'elle l'a quitté pour le fameux Edward.

— À tous les coups, c'est ça ! approuva Amy, tout excitée. Ah, mais... Callum, l'enveloppe était scellée. Charlotte n'a jamais reçu la lettre ! Le pauvre Edward a dû l'attendre à côté de la piscine toute la nuit, et elle n'en a jamais rien su. Et comme il ne savait pas qu'elle n'avait pas eu son message, il a dû croire qu'elle ne voulait pas de lui. Quelle tragédie !

— Sans doute, fit Callum en haussant les épaules.

— Sans doute ? s'insurgea Amy. C'est trop triste ! Aussi bien, Charlotte a passé toute sa vie coincée avec l'autre affreux de Giles, tout ça à cause d'une lettre perdue !

Callum s'apprêtait à répondre, puis bondit de son siège, le doigt sur les lèvres. Amy le regarda, perplexe.

— Tu entends ? chuchota-t-il.

Des voix étouffées s'approchaient. Amy sentit son cœur battre à tout rompre. « Quelqu'un est dans l'hôtel ! »

— Tu crois qu'on a été vus ? demanda-t-elle à voix basse.

— Je ne sais pas, mais il vaut mieux qu'on sache qui c'est. Doucement. Si ma mère apprend que je suis retourné ici, elle risque de m'emprisonner à vie, corvées ou pas.

Ils sortirent sur la pointe des pieds de la pièce et suivirent les voix dans le couloir, jusqu'à la réception. Trois personnes se trouvaient au centre de la pièce, sous le lustre, dos à eux. Amy se plaqua contre le mur et attira Callum contre elle, afin qu'ils soient hors de vue. Tout doucement, elle avança la tête de façon à voir dans la pièce. C'étaient deux hommes et une femme, qui portaient tous un casque de chantier et un gilet à bandes réfléchissantes par-dessus leurs costumes de ville.

– On va pouvoir fêter ça, dit l'un des hommes d'une voix rocailleuse.

Monsieur Richards ! Prise de nausée, Amy se demanda ce qu'il venait faire là. Il tira un étui de sa poche arrière et offrit des cigares aux deux autres. Avec un rire gêné, la femme tritura son bloc-notes.

– Il y a un risque d'incendie.

– Si vous vous détendiez un peu, Susan ? fit le père de Lucas en allumant le cigare de l'autre homme. Nous sommes partenaires en affaires, désormais.

– N'oublions pas le problème des propriétaires du Summertime, ajouta Susan.

— M. Richards va forcément les retrouver, répondit l'autre homme. Il saura les convaincre, par tous les moyens nécessaires, hein ?

Amy retint son souffle. « Au moins, ils ne sont pas plus avancés que nous. »

M. Richards rejeta un rond de fumée.

— Bob a raison. Cet endroit sera bientôt à nous. Et là, le vrai boulot va commencer. La démolition de cette ruine va prendre un moment.

Il jeta son cigare encore allumé par terre. Susan et Bob le suivirent vers la petite porte de derrière de l'hôtel.

Amy et Callum se regardèrent, horrifiés. M. Richards allait détruire le Summertime !

10

Une fois assurés du départ de M. Richards et de ses partenaires, les deux amis sortirent de leur cachette. Amy se sentait sonnée. Elle se dirigea vers le cigare toujours en train de se consumer et l'écrasa du talon avec fureur.

– Il aurait pu faire brûler l'hôtel !

– Quelle importance ? fit Callum, abattu. De toute façon, il va le démolir.

Il s'effondra sur la chaise de bureau, la tête dans les mains. Amy le secoua doucement par l'épaule.

– Tu te rappelles quand tu m'as demandé où était passé mon esprit combatif ? Ça va être à toi de retrouver le tien, maintenant. (Elle le hissa pour le redresser.) Bon, le plan n'a pas changé. C'est juste qu'on a moins de temps. On doit trouver les propriétaires avant M. Richards. Ensuite, il faut les persuader de ne pas vendre.

– Trop facile, marmonna Callum.

Cependant, il la suivit dans la salle du courrier et poursuivit avec elle les recherches. Ils étaient tous deux assis par terre, entourés des lettres qu'ils avaient déjà lues et rejetées. Tout en passant au crible les piles de papier, Amy se dit que leur tentative de retrouver des histoires du passé ressemblait beaucoup aux fouilles archéologiques de son père et de Cathy. « Pourvu qu'on tombe bientôt sur de l'or », pensa-t-elle.

Callum rejeta sa dernière enveloppe avec un soupir.

– Rien. Aucun indice.

Amy terminait elle aussi par une enveloppe sans intérêt.

– Retournons à la réception pour voir ce qu'il y a là-bas, suggéra Callum.

Ils repartirent vers l'avant de l'hôtel. Le fait de penser au travail de son père avait donné une idée à Amy.

– Quand je n'arrive pas à faire mes devoirs parce que je coince quelque part, mon père me conseille toujours de dresser une liste. C'est ce qu'il fait quand il n'arrive pas à s'y retrouver sur un chantier de fouilles. Il écrit tout ce qu'il sait à ce sujet, et ça l'aide à trouver une façon d'avancer.

– Ça vaut le coup d'essayer, approuva Callum.

Amy fouilla les tiroirs du comptoir. Elle y trouva beaucoup de poussière et de toiles d'araignée ainsi que de vieux stylos-plumes à l'encre séchée. Au fond d'un des tiroirs, elle déterra un bloc de papier à lettres fin et un peu humide ainsi qu'un crayon à papier aiguisé.

– Ta-dam !

Elle les sortit. Le comptoir était sale, mais Amy se rappela qu'elle avait le livre de Tanya dans son sac depuis la veille, et elle l'utilisa comme sous-main.

– Allons-y.

Mais Callum regarda sa montre et gémit :

– Oh, non ! Excuse-moi, Amy, mais si je ne veux pas être interdit de sortie jusqu'à mes vingt et un ans, il faut que je parte à la seconde. Je suis resté sorti bien trop longtemps pour que ma mère croie que j'ai juste fait les courses. Il faut que j'aille acheter les trucs et que je retourne à la ferme direct. Je suis vraiment désolé.

Il partit comme une flèche en promettant de l'appeler plus tard. Amy poussa un soupir. Parfois, elle avait l'impression que le monde entier était ligué contre eux. Autant écrire sa liste à Apple Cottage plutôt que là. Elle rangea dans son sac le vieux bloc et le livre de Tanya. Au passage, elle remarqua un gros autocollant rouge sur la couverture, qui indiquait : « Adapté aux dyslexiques ».

– Oh ! s'écria-t-elle.

Tout s'expliquait soudain : que Tanya se soit énervée à cause de la confusion sur sa page Tumblr, qu'elle ait l'air touchée par les insultes de Lucas... Amy repensa au mariage, où Cathy lui avait demandé de lire le poème à la dernière minute, et où Tanya avait l'air si furibond. C'était peut-être Tanya qui devait le faire, avant que Cathy change d'avis ? Elle avait peut-être voulu éviter à Tanya de se ridiculiser, mais ça restait vexant. Pas étonnant que Tanya lui en ait voulu dès le départ.

Amy se hâta vers la sortie. Elle allait régler les choses avec sa nouvelle sœur une bonne fois pour toutes.

Amy frappa à la porte de la chambre, mais n'eut pas de réponse de Tanya. Elle ouvrit doucement, pour la trouver à son bureau en train de taper à l'ordinateur. Elles étaient moins en conflit depuis l'épisode de Callum dans le passage secret, mais Amy vit que Tanya se raidissait et la regardait avec méfiance.

– Je viens en paix, dit-elle en levant le livre. Tu as fait tomber ça à l'hôtel hier.

Elle le lui tendit. Tanya piqua un fard et le fourra aussitôt dans un tiroir.

« Par où commencer ? » se demanda Amy. Elle ne voulait pas commettre de maladresse. Tanya s'était retournée vers son ordinateur et comptait visiblement l'ignorer. « Bon, rien alors... »

– Tanya, je ne savais pas que tu étais dyslexique.

Celle-ci garda le regard rivé sur son écran, mais rougit encore plus. Elle n'aurait pas pu avoir l'air plus mal à l'aise. Amy essaya d'aborder le sujet d'une autre manière.

– Tu te souviens du poème au mariage ? Eh bien, j'y ai repensé. J'ai bien vu que tu étais... fâchée que je le lise.

Tanya s'interrompit, les mains en suspension au-dessus du clavier.

– Et pourquoi j'aurais été fâchée ?

– Ben, si c'était ma mère qui avait décidé au dernier moment que je ne pouvais pas lire un poème à son mariage, et qu'elle avait demandé à une nouvelle sœur tombée du ciel de le faire à ma place, j'aurais été furax.

Tanya se frotta les yeux.

– Je me trompe ? demanda Amy avec douceur.

Sa demi-sœur fit un signe négatif de la tête.

– Il ne faut pas avoir honte, tu sais. Il y a des tas de gens qui sont dyslexiques. Mon copain Gareth, par exemple, précisa Amy en s'asseyant sur le bord du lit. Tu peux me raconter ce qui s'est passé, exactement ?

Tanya tira nerveusement sur sa manche.

— Maman m'avait demandé de le faire dès qu'ils ont été fiancés. Je me suis beaucoup entraînée, mais les mots se mélangeaient... C'était bien pire que d'habitude, parce que j'étais vraiment stressée à l'idée de ne pas y arriver. Et puis le jour du mariage, ma mère m'a demandé de le lire une dernière fois pour répéter, et je me suis plantée, avoua-t-elle, la lèvre tremblante. Alors je l'ai déchiré. Après, maman a dit que ce serait mieux que tu t'en charges.

Amy posa la main sur l'épaule de Tanya, qui renifla :

— Elle me trouve bête.

— Ta mère ne te trouve pas bête, répondit Amy avec sérieux. Elle voulait éviter de te mettre trop de pression.

— Oui, mais je l'ai déçue. Quand j'ai vu comme elle était contente de t'entendre lire, ça m'a mise en rage... Je suis désolée.

— Moi aussi. Si j'avais su, on aurait pu faire autrement toutes les deux. Chanter un truc par exemple.

Tanya lui lança un regard derrière sa frange.

— Amy, je t'ai entendue chanter sous la douche. Je pense que ça n'aurait rien apporté à la fête.

– Quoi, tu penses que j'aurais fait fuir les invités ?

Plus sérieuse, elle regarda Tanya dans les yeux et lui tendit la main.

– Amies ?

Celle-ci sourit et la lui serra.

– Amies.

Amy la prit dans ses bras, et elles tombèrent n'importe comment sur le lit. Lorsqu'elles eurent fini de rire, Tanya s'étendit sur le lit avec un soupir.

– Alors, qu'est-ce que tu as fait, toute la matinée ?

Et Amy de lui relater leur recherche des propriétaires du Summertime, le mystère de Charlotte, Giles et Edward, puis le choc qu'ils avaient eu en apprenant les projets de M. Richards.

Tanya se redressa d'un bond.

– Il veut abattre l'hôtel ? s'écria-t-elle. C'est horrible. Je me disais qu'une fois que mes grands-parents auraient oublié cette histoire, on pourrait y retourner. Surtout maintenant qu'on est ici pour tout l'été.

« Alors Cathy lui a annoncé la nouvelle », pensa Amy. Heureusement qu'elles étaient arrivées à se réconcilier malgré tout !

Elle tira le papier à lettres de son sac.

— On ne peut pas laisser M. Richards gagner. On allait établir une liste de tout ce qu'on a appris sur le Summertime jusqu'ici, mais Callum a dû rentrer chez lui. Ça te dit qu'on s'en occupe maintenant ?

Elle passa le bloc de papier à Tanya et prit un stylo-bille sur le bureau.

Tanya passa le bout des doigts sur la page, l'air pensif.

— Je sens des marques, comme si on avait écrit sur la feuille du dessus et qu'on l'avait arrachée. Je me demande...

Tanya détacha la feuille et la tint à la lumière du jour. Amy regarda par-dessus son épaule avec espoir.

— Ah, oui, on voit l'écriture. Mais on n'arrive pas à lire.

— Je sais, dit Tanya. Thomas aurait des crayons de cire qu'on pourrait emprunter ?

— Oui, attends !

Amy courut chercher la trousse en forme de train de son petit frère.

Tanya prit un crayon bleu et posa la feuille sur le bureau.

— Qu'est-ce que tu vas faire ? l'interrogea Amy.

Sa demi-sœur esquissa un sourire mystérieux, puis orienta le crayon de cire de côté et coloria avec soin toute la feuille. Comme par magie, les mots apparurent en blanc au milieu du bleu.

– Excellent ! Tu es géniale !

Tanya souffla pour faire partir la cire excédentaire et leva la feuille. On lisait clairement la lettre.

MM. Chase & White
Notaires
Londres, le 7 juin 1965

Cher maître Chase,

À la suite de nos échanges précédents, je vous confirme ma décision de fermer l'hôtel Summertime immédiatement. Comme vous êtes le notaire de famille, je vous serais très obligée de prendre en main cette affaire personnellement.

C'est à regret que j'en arrive là, mais j'ai bien peur que ce ne soit inévitable. L'hôtel renferme trop de souvenirs heureux pour que je le vende, et trop de souvenirs douloureux pour que j'y reste. Veuillez vous assurer que les employés reçoivent d'excellentes références pour retrouver un poste. Je vous ferai parvenir de l'argent à répartir entre eux.

Comme d'habitude, je compte sur votre discrétion absolue. Ainsi que vous le savez, je ne souhaite pas que mon mari me retrouve.

Je pars en Italie pour quelques mois. Merci de laisser vos messages au consulat britannique de Rome. Recevez tous mes remerciements pour vos années de bons et loyaux services.

Sincèrement vôtre,

Charlotte Urquhart

– Tanya, on a trouvé ! cria Amy, surexcitée.

Elle lui saisit les mains et la fit tourner dans toute la pièce.

– On connaît le nom de la propriétaire !

Tanya souriait aussi.

– Et on a pris de l'avance sur M. Richards !

– Tu as raison, dit Amy en s'arrêtant pour retrouver son souffle. On dirait bien que cette Charlotte est la même que sur les autres lettres. Elle gardait son identité secrète pour fuir cet horrible Giles.

– Mais où est-elle maintenant ? se demanda Tanya. Si elle est encore vivante, d'ailleurs.

– C'est ce qu'il nous faut découvrir, conclut Amy. Vite, il faut que je raconte ça à Callum !

11

– Amy, Amy, je vais au ZOO ! cria Thomas en déboulant dans la chambre de Tanya.

C'était le lendemain matin. Amy et Tanya, encore en pyjama, chacune l'ordinateur portable sur les genoux, recherchaient des informations à propos de Charlotte Urquhart sur Internet.

La veille au soir, le père d'Amy avait appelé à Apple Cottage pour annoncer à Thomas qu'il allait rester là tout l'été avec sa sœur et Tanya. Ensuite, il s'était excusé auprès d'Amy de ne pas bien avoir bien expliqué les choses dès le départ.

– Je sais que je vous en demande beaucoup, et je comprends que tous ces changements doivent être difficiles. Mais vous deux serez toujours les deux personnes les plus importantes dans ma vie, quoi qu'il arrive.

Cela avait aidé Amy d'entendre ces paroles, et sa conversation avec Thomas aussi avait l'air d'avoir fonctionné. Pat avait proposé à Amy d'emmener le petit au zoo avec John et de le chouchouter, pour s'assurer que tout était rentré dans l'ordre.

– Au zoo ! s'exclama Amy en faisant mine d'être surprise. Ça va être génial !

Elle se leva du lit pour l'aider à reboutonner son blouson, car il s'était mélangé les pinceaux.

Pat passa la tête par la porte, les yeux brillants. Elle était visiblement ravie qu'Amy et Tanya s'entendent enfin.

– Vous êtes sûres de ne pas vouloir venir, vous aussi ?

– On va rester tranquilles ici, si ça ne vous dérange pas, répondit Amy. On va peut-être aller voir Callum.

– Bon, ne vous attirez pas de problèmes, cette fois, dit Pat en prenant la main de Thomas. Ça y est, John porte notre pique-nique à la voiture. Il faut qu'on y aille !

Thomas partit comme une fusée, et Pat le suivit avec un petit rire. Amy se réinstalla sur le lit et quelques instants plus tard, elles entendirent la voiture partir.

– Tu as trouvé quelque chose, toi ?

– Surtout des photos de l'hôtel, répondit Tanya, qui tourna son ordinateur vers Amy pour qu'elle les voie. Plus un article de journal sur des gens qui essaient de retrouver les propriétaires. Apparemment, ils n'avaient rien trouvé, ils ne connaissaient même pas son nom.

– On n'est pas mauvaises détectives, alors conclut Amy avec un sourire satisfait.

Elle tapa de nouveaux mots dans le moteur de recherche et fit défiler les résultats. Rien sur ce qu'il était advenu de Charlotte Urquhart, rien pour « Charlotte à Foxwood », pas de Charlotte Urquhart au Consulat britannique de Rome... Amy entra ensuite « Giles Urquhart », et cliqua sur la première entrée, qui concernait un riche magnat du tabac.

– Je parie que c'est lui, dit Amy en montrant la page à Tanya.

– Giles Urquhart, de Urquhart Tobacco, se réjouit du rachat effectué lundi de l'entreprise américaine TobakCo à Memphis, dans le Tennesse...

– C'est daté de 1968, fit remarquer Tanya. Après la fermeture du Summertime. Peut-être que Charlotte a quand même échappé à Giles.

– Je me demande si le pauvre Edward l'a su un jour, dit Amy en refermant son ordinateur. Je pense qu'on ne va pas trouver grand-chose de plus en ligne. Il vaut mieux retourner à l'hôtel !

Tanya partit prendre sa douche. Amy se sentait un peu coupable d'agir dans le dos de Pat et John, mais elle ne pouvait laisser tomber le mystère du

Summertime alors qu'ils étaient si près de le résoudre. « Dès qu'on aura retrouvé Charlotte, j'avouerai tout », se promit-elle. Elle retourna dans sa chambre et débrancha son téléphone, qui était chargé, puis envoya un message à Callum pour lui demander de les retrouver là-bas. Une fois qu'elle eut pris sa douche à son tour et se fut habillée, elle mit avec soin les trois lettres concernant Charlotte dans son sac, au cas où. Callum avait répondu :

J'aimerais bien. Coincé tte la journée pour des corvées. Ma mère a dû deviner qu'il y avait anguille sous roche hier ☹ Demain, peut-être ?

Tanya attendait Amy à la porte du cottage.

– Hôtel Summertime, nous voilà ! déclara-t-elle en souriant.

– On a quelque chose à faire avant, décréta Amy. Sauver Callum !

Les effluves de fumier parvinrent aux narines d'Amy et Tanya dès qu'elles franchirent le portail de Turnpike Farm.

– Jamais plus je ne me plaindrai de l'odeur de la cantine.

Elles suivirent le chemin, qui les fit passer à côté de deux grandes étables, puis un hangar où l'on trouvait des tuyaux reliés à des pompes ; c'était là que devait se faire la traite des vaches. Des poules se promenaient librement et picoraient le sol boueux. De grosses machines agricoles compliquées étaient garées autour des granges, ainsi qu'un camion orné d'un logo « Fromages de Turnpike Farm ». Un troupeau de vaches noir et blanc paissaient paisiblement dans les prés alentour. Amy pensa à son appartement à Londres : Callum aurait aussi bien pu vivre sur une autre planète.

La ferme elle-même se situait un peu plus loin. Devant la porte, il y avait un tas de paires de bottes assorties, et Amy reconnut le 4 × 4 garé devant : c'était celui dans lequel Callum était monté avec ses parents l'autre jour.

Amy s'avança pour sonner à la porte d'entrée.

– Tu es sûre que c'est une bonne idée ? souffla Tanya. Si c'est sa mère qui ouvre, je te laisse parler...

– De toute façon, on dirait qu'il n'y a personne, répondit Amy, qui actionna à nouveau la sonnette sans obtenir de réponse. Essayons les granges.

Elles revinrent sur leurs pas et entrèrent dans la première grange. Elle dégageait une ambiance agréable, avec une épaisse couche de paille à l'odeur sucrée par terre et un abreuvoir dans un coin. Agenouillée dans la paille, Mme Dunn invitait un petit veau à boire au biberon. L'animal tituba sur ses jambes grêles et vint renifler la tétine. Il commença à téter le lait.

– C'est ça, ma fille, l'encouragea Mme Dunn d'une voix douce, très différente de la dernière voix qu'Amy l'avait vue.

– Euh, bonjour, dit doucement Amy, qui ne voulait pas effrayer le veau.

Mme Dunn haussa les sourcils en les voyant. Elle caressa le veau et vint à leur rencontre en époussetant sa polaire pour la débarrasser de brins de paille. Elle referma la barrière de l'enclos des vaches et croisa les bras.

– Je ne vous avais pas demandé d'arrêter de fréquenter mon fils ?

Amy lança un coup d'œil vers Tanya, qui se mordait la lèvre avec nervosité. Ce n'était peut-être pas une si bonne idée...

– On est vraiment désolées pour l'autre jour, commença-t-elle. Pas vrai, Tanya ? Je... enfin, toutes les deux, on avait des choses à régler, et Callum nous a beaucoup aidées. C'est vraiment un bon ami. Sincèrement, madame, la dernière chose que je voulais, c'était lui attirer des ennuis.

Amy discerna une lueur de fierté dans les yeux de son interlocutrice, mais celle-ci secoua la tête.

– C'est possible, mais il a trop de corvées aujourd'hui. Il ne peut voir personne. Il a mis un temps fou à faire les courses hier, alors il s'est mis en retard. J'ai une petite génisse qui ne veut pas s'alimenter et des millions d'autres choses à faire. J'ai besoin de son aide.

– Et si on donnait un coup de main ? proposa Tanya. Si on aide Callum à faire ses corvées, il pourrait venir avec nous, après ?

La mère de Callum avait l'air de réfléchir. Au bout d'un moment, elle partit d'un pas vif dans la cour.

– Dans ce cas, il va falloir vous y mettre, leur dit-elle par-dessus son épaule. Par ici, il nettoie le poulailler.

Amy et Tanya échangèrent un sourire. Finalement, leur plan fonctionnait.

Elles suivirent la mère de Callum jusqu'au bout de l'autre grange. Un grand enclos y était délimité par du grillage, avec au milieu un abri surélevé auquel menait une planche de bois. À l'intérieur, Callum était à quatre pattes en train de frotter par terre.

Quand il vit les filles, il laissa tomber son chiffon de surprise.

– Elles vont t'aider à terminer ce qu'il te reste à faire, annonça sa mère. Il y a la grande étable à nettoyer, puis les œufs que j'ai laissés à la cuisine sont à aller vendre au village. Voyez si vous pouvez tous les écouler. Je retourne m'occuper de la génisse. Je compte sur vous, compris ?

Le visage de Callum s'éclaira.

– Je pensais ne pas pouvoir sortir d'ici de la journée ! Elle doit avoir un faible pour vous deux.

– Franchement, ça m'étonnerait, répondit Amy.

– Crois-moi, elle ne le montre peut-être pas, mais à mon avis, elle vous aime bien, dit Callum en décrochant deux tabliers suspendus à côté de l'enclos. Tenez, vous allez en avoir besoin. L'un des aspects les plus sympas dans une ferme, vous allez bientôt le découvrir, c'est la quantité hallucinante de crottes en tous genres.

Callum leur montra comment laver le plancher à grande eau et renouveler la paille dans les nids. Au moment où Tanya partit remplir un seau à un robinet extérieur, il se pencha vers Amy.

– Alors, qu'est-ce qui se passe ? Vous êtes amies, maintenant ?

– Oui ! C'est pas génial, ça ? Je veux dire, c'est toujours bizarre de penser à elle comme ma sœur, mais on s'est un peu expliquées hier.

Elle lui raconta en vitesse la dyslexie de Tanya et la lecture du poème au mariage.

– Tout s'éclaire, maintenant, fit Callum, qui donna un léger coup de poing sur l'épaule d'Amy. Je suis trop content de te voir.

Tanya revint avec un seau débordant d'eau. Pendant qu'ils terminaient le poulailler, Amy et

Tanya mirent Callum au courant de leurs découvertes sur Charlotte Urquhart.

– Ça alors ! Autant pour M. Richards, dit Callum en les menant vers la plus grande des étables.

– On est tout près de résoudre le mystère, je le sens, déclara Amy. Je nous imagine vraiment faire nos parties de foot dans la salle de bal d'ici peu.

– Moi aussi.

Callum leur tendit une pelle à chacune et ouvrit la porte de l'étable. L'odeur fétide de bouse de vache les atteignit de plein fouet.

– En attendant, bienvenue dans mon monde !

– Ça, c'est vraiment sympa, comme corvée, observa Amy en ajustant le panier d'œufs sur son bras.

Ils sortaient d'une maison où ils avaient encore vendu six œufs.

– Oui, approuva Tanya. On en a déjà écoulé la moitié !

La maison suivante était petite et bien tenue, avec des paniers accrochés à côté de la porte. Quand Callum sonna, une moustiquaire bougea à une fenêtre à l'étage. Une femme vêtue d'une tunique rose vif vint leur ouvrir et les salua avec chaleur.

– Bonjour, dit Amy en levant son panier. Nous avons des œufs à vendre, frais pondus de ce matin à Turnpike Farm.

Le sourire de la femme s'effaça un peu.

– Ah bon, je croyais que vous étiez venus voir Eva.

– Eva habite ici ? s'étonna Callum.

– Oui. Je suis Marie, sa tante, et... Oh, elle arrive.

Eva arriva dans le couloir. Ses cheveux semés de rose étaient rabattus d'un côté. Elle les regarda d'un air méfiant.

– Qu'est-ce que vous faites là ?

– On vend des œufs de la ferme, expliqua Callum.

Il se balança nerveusement. À en juger par son regard noir, Eva n'était pas contente de les voir devant chez elle.

– On partait, ajouta-t-il.

Amy allait le suivre dans l'allée, mais le regard suppliant de Marie l'arrêta. « Elle est super-déçue qu'on ne soit pas venues pour Eva. Elle n'a peut-être pas beaucoup d'amis ? »

– Au fait, Eva, dit-elle. Tu veux venir avec nous, cet après-midi ? Tu pourrais apporter ton skate.

Celle-ci fit un signe de tête négatif.

– Je suis occupée, commença-t-elle.

Elle fut interrompue par une voix en provenance de la maison.

– Tu as de la visite, Eva ? Si tu leurs proposais de venir prendre le thé ?

– Quelle bonne idée ! s'écria Marie. Entrez donc.

Elle les introduisit avec empressement dans la maison. Amy sentait le regard d'Eva peser sur elle quand ils la dépassèrent pour entrer dans le séjour. Le soleil du matin brillait à travers la baie vitrée. Accoudée sur un sofa et entourée de coussins, se trouvait une femme mince qui devait être la mère d'Eva. Malgré la chaleur dans la pièce, elle avait une couverture sur les genoux et un foulard de soie noué autour de la tête. En observant son visage très lisse, Amy se rendit compte qu'elle n'avait ni cils ni sourcils. Elle se souvint d'avoir vu quelqu'un à la télé qui avait exactement la même apparence, et qui venait de subir un traitement contre le cancer. « Alors c'est pour ça qu'Eva ne veut pas qu'on vienne. Elle ne voulait pas qu'on voie que sa mère est malade. » Tout d'un coup, Amy se sentit très indiscrète.

– Asseyez-vous, dit la mère. Toi, ma poulette, tu n'auras qu'à te mettre à côté de moi.

Eva obéit, fixant d'un air malheureux les motifs de la moquette. Amy avait le cerveau qui tournait à mille à l'heure : comment trouver un prétexte pour s'esquiver poliment ? Mais Marie revenait avec un plateau chargé de biscuits et d'une théière avec des mugs.

– Eva vous a peut-être dit que je suis en chimiothérapie ? demanda la mère d'Eva pendant que Marie faisait passer le plateau.

– Euh, non, Madame Marchmont, on ne savait pas... répondit Callum.

– Voilà, j'ai presque fini le traitement. Bientôt, mes cheveux vont repousser et je n'aurai plus aussi froid à la tête, reprit la mère d'Eva en souriant. En perdant mes cheveux, je vous assure que ça me fait vraiment pitié pour les chauves. Un cinquième de la chaleur corporelle part par la tête, alors vous imaginez les hivers.

– Ah, mince, fit Callum avec une grimace. Mon père est chauve, et mon grand-père aussi. Il va falloir que je commence à collectionner les bonnets.

Tout le monde rit à part Eva, qui tirait des bouloches sur le sofa.

– J'aime beaucoup votre foulard, dit Tanya à Mme Marchmont. Très joli.

– Merci ! C'est Eva qui m'a aidée à le choisir, n'est-ce pas ma puce ?

Eva hocha la tête sans relever les yeux.

– Alors, quels sont vos projets pour la journée ? demanda Marie en offrant des biscuits aux jeunes gens.

– Moi, je reste ici, en tout cas, marmonna Eva.

– Arrête ! se récria sa mère. J'ai entendu qu'ils te proposaient très gentiment de te joindre à eux. Tu t'amuseras bien plus qu'à rester là avec deux pauvres vieilles !

– Ce serait avec plaisir, ajouta Amy.

– Alors c'est réglé, conclut Mme Marchmont, qui repoussa doucement sa fille pour la faire lever du sofa.

Eva avait l'air plus qu'agité, mais elle embrassa sa mère avec force.

– OK, allons-y, si c'est ça, bougonna-t-elle.

Marie acheta des œufs et ils partirent ensemble. Eva prit son skateboard dans le couloir au passage. Quand ils furent sur la route, Amy se tourna vers Eva.

– Je suis vraiment désolée pour ta mère. S'il y a quelque chose qu'on peut faire...

– Il n'y a rien, cingla Eva en retour. Toi, Marie, même ma mère, personne n'y peut rien. Et tu sais le pire ? C'est que moi non plus, je ne peux rien faire.

Les yeux embués de larmes, elle lança sa planche à terre et s'éloigna d'eux. Elle prit de la vitesse et en quelques secondes, elle avait disparu au bout de la route.

– Pauvre Eva, dit doucement Tanya. Je n'imagine pas ce que ce serait si ma mère avait un cancer. Elle doit avoir tellement peur.

Amy hocha la tête.

– Je sais qu'elle refuse notre aide, mais il doit bien exister quelque chose qu'on peut faire. Même si c'est juste lui changer les idées un moment.

– Ça va être difficile si elle ne veut pas nous voir, fit Callum. En tout cas, on sait pourquoi elle disparaît tout le temps, maintenant. Elle retourne auprès de sa mère. Allez, ça vous dit de faire une pause au Buttercup ? Lottie voudra peut-être acheter des œufs pour ses gâteaux.

12

Il y avait du monde au café, et la plupart des tables étaient occupées par des clients qui avaient commandé un sandwich avec une part de gâteau. Lottie se démenait pour répartir les plateaux à servir et emballer la nourriture à emporter. Relevant les yeux de sa caisse, elle sourit en les apercevant.

– Callum et Amy, bonjour ! Et Tanya, c'est ça ? La fille de Cathy ?

Celle-ci opina de la tête. Amy montra les œufs qu'ils apportaient.

– Exactement ce qui commençait à me manquer ! s'écria Lottie, qui appela la serveuse. Emma, je peux te laisser les rênes quelques minutes ?

Elle les guida loin des tables en ébullition et les fit passer par une porte au fond, qui annonçait : « Cuisine ».

– Ces œufs pourront aller dans les gâteaux aux deux chocolats que je comptais faire cet après-midi. Ça m'évitera de repasser à l'épicerie.

Lottie régla Callum avec de l'argent qu'elle alla prendre dans la caisse.

– Je cours partout depuis ce matin, je crois que c'est le moment de marquer une petite pause. Installez-vous, je vais faire des chocolats chauds, si ça vous dit.

Callum et Tanya s'assirent.

– Je peux aller aux toilettes ? demanda Amy.

– Bien sûr, répondit Lottie, qui posa une casserole sur la gazinière et dosa le lait à y verser. Tu n'as qu'à monter utiliser celles de mon appartement, tu seras sûre de ne pas avoir à attendre. Ce sera la première porte à droite.

Amy la remercia et suivit ses indications. En haut de l'escalier, elle trouva une porte qui donnait sur un petit couloir. Le papier peint vert était presque entièrement tapissé de photographies en noir et blanc, toutes de différentes tailles, rassemblées en une mosaïque. Amy s'arrêta devant l'une d'entre elles, grande et dans un cadre d'argent très ouvragé. Elle montrait un jeune couple très élégant à côté d'une voiture, sans doute une Rolls-Royce. Ils se tenaient dans une grande allée, et derrière eux... « Mais c'est le Summertime ! » comprit Amy, stupéfaite.

Elle regarda autour d'elle. Toutes les photos avaient été prises à l'hôtel ! Sur l'une d'entre elles, des danseurs évoluaient dans un océan de tissus au milieu de la salle de bal, et on apercevait un orchestre de jazz sur un côté. Une deuxième dévoilait deux hommes en costume qui trinquaient dans le salon au billard indien maintenant si poussiéreux. On voyait des joueurs en pleine action à l'arrière-plan. Il y avait aussi une photo du personnel, femmes en tablier blanc amidonné et hommes portant le nœud papillon, une autre où une fille plongeait dans la piscine, et même une où l'on voyait la réception, avec une femme appuyée contre le comptoir, une petite valise dans une main et un caniche dans l'autre... De plus en plus frénétique, Amy passait de l'une à l'autre.

Quand elle retourna à la cuisine, elle s'élança vers son sac.

– Tu ne veux pas ton chocolat ? s'étonna Callum en lui avançant sa tasse.

Amy tira les trois lettres trouvées à l'hôtel de son sac et les tendit à Lottie, qui passait la casserole sous l'eau.

– Vous êtes Charlotte ? Charlotte Urquhart ? Ceci vous appartient, je crois.

Lottie reposa la casserole et s'assit à table à côté de Callum et Tanya. Elle secoua la tête.

– Non, je ne suis pas Charlotte Urquhart.

Amy se sentit flancher. Elle était tellement sûre...

– Je ne suis pas Charlotte Urquhart, répéta Lottie en prenant une tasse. Mais je l'ai été.

Amy resta bouche bée. Callum et Tanya regardaient de l'une à l'autre en ouvrant de grands yeux.

– Urquhart était mon nom d'épouse. Maintenant, je suis Lottie Fitzgerald. Mais comment as-tu su ?

– Grâce à ça, expliqua Amy en montrant à nouveau les lettres. En voyant les photos à l'étage, j'ai compris que Lottie était le diminutif de Charlotte.

Lottie lut chaque lettre en entier. Elle garda le sourire un moment, puis prit un air triste et enfin, une lueur lointaine vint habiter ses yeux. Les mains tremblantes, elle termina la dernière lettre et la replaça sur la table.

– Je ne voulais pas vous faire de peine, se désola Amy.

– Je n'ai pas de peine, répondit Lottie. Simplement, c'est étrange de repenser à l'hôtel Summertime et à ma vie là-bas il y a si longtemps. Je devrais vous raconter mon histoire, non ?

– Oh oui ! s'écria Callum. Si vous voulez bien.

Lottie fit signe que oui et, encore chamboulée, prit une gorgée de chocolat.

– Ça commence avec une union malheureuse, entre Giles Urquhart et moi. Il n'avait presque pas le sou quand il m'a rencontrée, mais il était beau et charmant... Tout a changé après le mariage.

Voyez, ma famille était riche, et il s'est avéré qu'il ne m'avait épousée que pour mon argent. Il l'a utilisé pour lancer une exploitation de tabac. Il était intelligent et ne reculait devant rien, donc il a vite connu la réussite. Il profitait de la vie... et moi, j'étais malheureuse comme les pierres.

– C'est là qu'Edward entre en scène ? demanda Amy.

Lottie rougit comme une jeune fille.

– Oui. Giles était peut-être intelligent, mais moi aussi. J'ai demandé au notaire de ma famille de m'aider à mettre de côté une partie de mon argent, de façon à ce qu'il n'y ait pas accès. Et puis je l'ai quitté. Quand j'étais petite, je descendais à l'hôtel Summertime avec ma famille, alors j'y suis retournée en tant que cliente, sous un faux nom. Hou, c'était quelque chose, dans ce temps-là ! Il y avait toujours une fête complètement décadente en cours.

– C'est là que vous avez rencontré Edward ? la questionna Tanya.

– Non, les fêtes, ça n'a jamais été la tasse de thé d'Edward. Il était calme et doux. C'était un poète. Je l'ai rencontré en me promenant dans la campagne. Près de Turnpike Farm, en fait, précisa Lottie en souriant. Ah, je l'adorais. Les propriétaires de l'hôtel le mettaient en vente, et tout le monde s'inquiétait à l'idée qu'il ferme. J'avais de quoi le reprendre, alors je me suis dit pourquoi pas ? Ça permettrait de continuer à faire tourner l'hôtel, et de rester près d'Edward. Et je l'ai acheté de façon anonyme, pour que Giles ne soit pas au courant.

Le visage de Lottie s'assombrit. Callum se pencha en avant.

– Est-ce qu'il s'en est rendu compte quand même ?

– Malheureusement. Il a engagé un détective privé, un affreux bonhomme appelé M. Cutler, qui m'a retrouvée au Summertime. Cutler a aussi appris pour Edward, et Giles a demandé le divorce. (Elle effleura des doigts la lettre d'Edward.) J'ai quitté Foxwood pour éviter de mêler Edward à toute cette affaire. Quand je suis revenue le chercher, il était parti. Il adorait l'Italie, alors je suis allée là-bas dans l'espoir de l'y retrouver, mais je n'y suis jamais arrivée. Maintenant, je sais pourquoi. (Elle toucha à nouveau la lettre.) Je n'ai jamais reçu ce courrier. Il a dû croire que je ne voulais pas de lui, en fin de compte.

– Oh, Lottie, c'est trop triste, soupira Amy.

– Je ne voulais plus mettre les pieds dans cet hôtel. Mes espoirs étaient morts le jour où j'avais vu Giles arriver dans l'allée. Je ne pouvais pas non plus le revendre. Il représentait trop pour moi. Alors je l'ai fait fermer et j'ai acheté ce café avec l'argent restant, au cas où Edward reviendrait à Foxwood. Il m'avait écrit un poème sur les boutons-d'or, « Buttercups », alors je me suis dit qu'il comprendrait. Mais je ne l'ai jamais revu.

Elle esquissa un sourire tremblant et enchaîna :

– Et maintenant que je vous ai raconté mes secrets, à votre tour. Comment avez-vous trouvé ces lettres ?

Les trois amis échangèrent un regard. « On y est », pensa Amy. Elle essuya le chocolat sur sa bouche et commença :

– On a un aveu à vous faire. On a réussi à entrer dans l'hôtel, et en fait, euh, on a un peu visité.

Elle repensa à ce qu'avait dit Callum de la violation de domicile. Lottie serait-elle d'accord ?

Mais celle-ci souriait.

– Eh bien, qui l'eût cru, après toutes ces années ? C'est merveilleux de savoir que vous prenez du bon temps là-bas.

Amy ressentit un profond soulagement. Callum et Tanya avait l'air enjoué.

– Alors ça ne vous dérange pas qu'on aille à l'hôtel ? demanda Callum, les yeux pleins d'espoir. On essayait de vous retrouver pour vous demander l'autorisation.

– Mais bien sûr, vous pouvez y passer autant de temps que vous voulez.

Tous trois se lancèrent des regards pleins d'espoir.

– Merci, dit spontanément Tanya.

– Il y a autre chose, ajouta Amy. Nous ne sommes pas les seuls à vous avoir cherchée.

– Je sais, répondit Lottie d'un ton égal. J'ai reçu un coup de fil de Stephen Richards hier. C'est la deuxième fois qu'on envoie un détective privé sur mes traces... Il veut l'acheter.

– Oh, fit Amy, décontenancée.

– J'ai refusé, bien entendu, poursuivit Lottie. Ce rapace est déjà propriétaire de la moitié du village. Il vient juste de s'emparer des terrains de sport, c'est bien suffisant. Non, Stephen Richards n'aura pas le Summertime. Surtout maintenant que je sais que vous y passez de bons moments.

– C'est vrai ? Vous êtes sérieuse ? balbutia Amy.

Le visage radieux, Tanya se jeta sur Lottie pour l'embrasser.

– Merci, merci, merci ! cria-t-elle.

Callum affichait un sourire de soulagement. Amy ne s'était pas sentie aussi heureuse depuis qu'elle avait mis les pieds à Foxwood. L'hôtel Summertime était sauvé !

Fébrile, Amy faisait les cent pas devant l'hôtel. Pat et John attendaient au niveau du portail et Tanya et Callum s'appuyaient à la fontaine au chérubin. Thomas jouait avec un lion en plastique dans les hautes herbes. À l'intérieur du bâtiment, un expert venu de la ville vérifiait qu'il ne présentait pas de risques pour le public.

– Qu'est-ce qui lui prend aussi longtemps ? se plaignit Amy.

Elle était terrifiée à l'idée que l'expert décrète le bâtiment dangereux et que malgré l'autorisation de Lottie, ils ne puissent pas y accéder.

– Patience, Amy ! lui cria Pat. Il doit bientôt avoir fini.

Depuis que Lottie leur avait raconté son histoire, une semaine avait passé. Quand les grands-parents de Tanya étaient revenus du zoo avec un Thomas lessivé mais heureux, Lottie les attendait avec les trois amis dans la cuisine d'Apple Cottage. Les parents de Callum étaient également présents.

– Il s'est passé quelque chose ? avait demandé John, inquiet.

Lottie leur avait répété son histoire, et avait conclu en affirmant qu'elle était ravie qu'Amy et ses copains puissent se rendre à l'hôtel quand ils le souhaitaient.

– En plus, les jeunes du coin manquent vraiment d'endroits où se retrouver, avait-elle ajouté.

– Je suis vraiment triste d'entendre ça au sujet d'Edward, avait dit Pat en lui prenant la main. Mais l'hôtel est resté à l'abandon pendant tant d'années... Vous êtes certaines que les enfants pourront y être en toute sécurité ?

Mme Dunn avait croisé les bras.

– Je veux qu'il soit examiné par un professionnel. Callum n'y remettra pas les pieds avant qu'on soit sûrs qu'il n'est pas dangereux.

– C'est exactement ce que je me disais, avait répondu Lottie avec le sourire. En fait, j'ai déjà pris mes dispositions pour faire inspecter l'hôtel par un expert.

Ils étaient donc là, dans l'attente du résultat. Lottie s'était excusée de ne pas être présente : elle n'était pas encore prête à retourner au Summertime.

– Regardez, il ressort ! les prévint Tanya.

Amy tourna la tête. Les planches avaient été retirées des portes et des fenêtres dans les jours précédents, et la porte d'entrée s'ouvrit. Un homme trapu qui portait un bloc-notes et une mallette s'avança vers eux.

– C'est bon ? demanda Amy, le cœur battant ? On peut y aller ?

– Bon, je vais devoir rédiger un rapport complet et trouver les références à certaines de mes notes, mais d'un point de vue structurel, il n'y a rien à signaler. Le bâtiment est en bon état.

Amy poussa un cri de victoire. Tanya rit, les yeux brillants et Callum donna des coups de poing en l'air. Les quelques jours d'attente avaient été horribles. Enfin, Amy pouvait planifier des matchs de foot. L'été était reparti !

– J'y suis ! cria Amy en glissant sur le sol du salon pour taper sur le billard indien, qui tenait lieu de base pour leur partie de cache-cache.

C'était Callum qui cherchait pendant qu'elle se cachait avec Thomas et Tanya. Ils étaient arrivés à retourner à la base sans être repérés.

Callum arriva en courant à la suite d'Amy. Tanya et Thomas attendaient à côté du billard, l'air triomphant.

– C'est vous qui avez gagné pour cette fois, reconnut Callum, hors d'haleine. Mais ma vengeance sera terrible.

– En-core ! En-core ! cria Thomas en sautant sur place.

Amy éclata de rire, satisfaite de le voir aussi heureux. Son petit frère ne tenait pas en place depuis que Pat et John avaient donné leur accord pour qu'il vienne avec eux dans l'hôtel, où ils jouaient depuis déjà plusieurs heures. On pouvait maintenant ouvrir grand les fenêtres. L'hôtel était donc clair et l'air un peu moins renfermé. Ils avaient pu explorer les pièces qu'ils n'avaient pas encore vues. Amy avait vite perdu le compte des chambres luxueuses par lesquelles ils étaient passés, mais elle avait été particulièrement enchantée par celle qu'elle avait décidé d'appeler la véranda. C'était presque un musée, avec ses tables et chaises en fer forgé et ses magnifiques pots aux plantes desséchées. Les murs carrelés étaient couverts de vigne vierge.

Elle entreprit d'y descendre, prenant la main de Thomas.

– Je crois que tu nous as tous épuisés ! Si on prenait un petit goûter ?

Les restes du pique-nique qu'ils avaient acheté au Buttercup étaient étalés sur les tables de la véranda. Thomas prit une tranche de fromage et une part de quiche au jambon. Tanya s'installa sur une chaise pour manger une salade de pâtes. La lumière du soleil qui pénétrait par les hautes fenêtres donnait des tons dorés à sa chevelure châtain.

– Je n'aurais jamais cru dire ça, mais c'est encore mieux que d'être toute seule à la cave.

Amy sourit. Comme les choses avaient changé depuis cet atroce échange de hurlements ! Elle saisit l'un des sandwiches restants et s'assit à côté de Callum. Il était venu avec son ordinateur et essayait de mettre de la musique.

– J'y suis presque, annonça-t-il.

Enfin, il appuya sur le bouton de lecture et un rythme résonna, puis la musique envahit la véranda.

– C'est mon mix « Hôtel Summertime », expliqua-t-il.

– C'est tous les jours la fête, ici ! dit Amy en bougeant en rythme. Je suis sûre que plein d'autres jeunes de Foxwood aimeraient être ici. Vous vous souvenez de mon idée de matchs cinq contre cinq, à force que je vous en parle ?

– Tu as dû y faire allusion une fois ou deux, admit Callum d'un air moqueur.

– Il y a d'autres choses qu'on pourrait faire, ici. Le salon au billard pourrait être une salle de jeux de société, quelque chose comme ça.

Thomas bondit aussitôt.

– Il y aura un Scrabble ? Je suis super-bon, expliqua-t-il à Callum et Tanya.

– Bien sûr, répondit Amy en lui ébouriffant les cheveux. Et on pourrait peut-être trouver un de ces Puissance 4 géants.

Tanya se pencha en avant.

– La bibliothèque serait idéale comme pièce pour être au calme. Les gens apporteraient leurs ordinateurs, leurs livres, ou n'importe. J'y ferais mes retouches Photoshop.

– Et ici, on pourrait organiser une soirée, suggéra Callum. Ça serait pas cool, ça ?

– Carrément cool, assura Amy.

– On pourrait avoir une salle de peinture ? cria Thomas. Je veux peindre Bart le chevreau !

Ils étaient tous lancés. Callum tapa une liste de leurs idées et remplit bientôt toute une page.

– Il n'y a qu'un problème, dit lentement Amy. Il faudra des tonnes de trucs pour aménager tout ça. Je ne sais pas pour vous, mais je dois avoir 3,50 euros sur mon compte en banque.

L'excitation reflua dans les yeux de Callum et Tanya. Amy réfléchit. Il y avait forcément un moyen de faire fonctionner leur idée...

– Hé, s'exclama Callum. Vous vous rappelez la semaine dernière, quand on a vendu des œufs ?

Amy et Tanya acquiescèrent.

– On pourrait faire quelque chose d'approchant. Au lieu de vendre des œufs, on proposerait des services : laver des voitures, désherber, ou d'autres tâches qu'on nous demande. Et plutôt que de l'argent, les gens pourraient nous donner des vieux objets qui ne leur servent plus, à utiliser ici.

Le visage d'Amy s'éclaira.

– Callum, c'est une idée de génie !

– Je sais, plaisanta-t-il.

Amy lui administra un léger coup de poing sur le bras.

– Vous connaissez le site du village ? Si on y postait une annonce ?

Il lui vint une idée. « Est-ce que je demande ? Ça ne la mettra pas mal à l'aise ? » Elle se tourna vers Tanya, un peu nerveuse.

– Ta page Tumblr a un super look. Tu pourrais nous faire une annonce top !

Tanya baissa les yeux vers les carreaux par terre. Pendant un moment horrible, Amy pensa être allée trop loin. Tanya ne voulait pas qu'on lui rappelle sa dyslexie. Mais finalement, sa demi-sœur esquissa un sourire timide.

– Si tu le corriges une fois que j'ai fini.

– Pas de problème !

Leurs plans pour l'hôtel Summertime se mettaient en place. Et même si c'était toujours un peu bizarre de considérer qu'elles faisaient partie d'une même famille, le fossé entre elles avait l'air bel et bien comblé.

Callum passa son ordinateur à Tanya. Pendant que Thomas jouait avec son lion, Amy et Callum firent des suggestions pour l'annonce. Tanya téléchargea un logiciel gratuit de création graphique et tapa le texte, le modifiant jusqu'à trouver la formule parfaite, puis inséra une photo de l'hôtel trouvée sur Internet. Amy le relut pour corriger les quelques erreurs et ce fut fini. Tanya posta l'annonce sur le site de Foxwood :

Tu traînes chez toi ? Tu t'ennuies ?
Tu n'as pas d'occupation ?
Plus maintenant ! À l'hôtel Summertime,
il y a plein de choses à faire :
du foot, de la musique, des jeux...
et tu penseras sûrement à plein d'autres choses !
Merci d'amener du matériel dont tu ne te sers plus.
Rendez-vous ce soir à 17 h devant le Buttercup.
Tout le monde est le bienvenu !

– Je crois qu'on peut être assez contents de notre annonce, conclut Amy. Je me demande si Eva aura envie de venir.

– J'espère, répondit Callum.

– On pourrait aussi imprimer de petites affiches, pour que ce soit vu par plus de personnes, proposa Tanya. J'ai une imprimante à Apple Cottage, que j'utilise pour mes photos.

– Excellent, fit Amy. Attention, ça va bouger grave à Foxwood !

13

– C'était la dernière affiche, annonça Callum en la collant sur un lampadaire. C'est aussi bien, parce que pour un peu, on en recouvrait tout le village.

Un homme âgé occupé à jardiner reposa sa cisaille et les regarda avec curiosité.

– Qu'est-ce que vous faites ? demanda-t-il.

Les trois amis s'approchèrent pour lui parler de leur projet de transformer l'hôtel en foyer de jeunes. À la mention du Summertime, l'homme afficha un air nostalgique.

– Ah, c'était le bon temps. J'avais réussi à me faire inviter à une de leurs soirées, une fois. C'était fantastique ! En plus, c'est là que j'ai rencontré ma femme, ajouta-t-il avec un clin d'œil.

– Nous aussi, on trouve cet hôtel génial ! s'enthousiasma Amy. On essaie de voir s'il y a des gens qui auraient des objets inutilisés pour l'aménager. On propose de l'aide aux petits travaux en échange.

Le vieil homme se caressa la barbe.

– Attendez un petit peu.

Il alla chercher dans sa maison et revint quelques instants plus tard avec un jeu de quilles en bois.

– C'est pour vous, dit-il en le passant à Amy. Et si vous terminez de tailler ma haie, je vous trouverai d'autres petits trucs.

– Merci !

– Il n'y a pas de quoi. Ça fait plaisir de savoir que cet hôtel est à nouveau fréquenté.

Il retourna à l'intérieur.

– Et c'est parti ! se réjouit Callum. Tailler une haie, ça va être une partie de plaisir par rapport au nettoyage d'un poulailler !

Une petite heure plus tard, ils repartirent avec les quilles, des cerceaux à hula hoop, des raquettes et volants de badminton, ainsi qu'un ballon de football. Amy était aux anges. Ça marchait ! Ils frappèrent à la maison d'à côté et une femme tenant un essuie-main leur ouvrit. Accrochée à ses jambes, une petite fille en train de manger une tartine les regardait. Une fois qu'Amy eut expliqué ce qu'ils cherchaient à faire, la dame s'exclama :

– Parfait ! Notre voiture a bien besoin d'un lavage.

Elle leur donna des bassines d'eau savonneuse et ils se mirent au travail. Quand ils eurent terminé, la femme poussa un sifflement admiratif en voyant son véhicule propre et leur donna un carton de matériel de peinture.

– Thomas va adorer ! commenta Tanya.

Ils se dirigeaient vers la maison suivante quand ils virent un garçon d'à peu près leur âge courir vers eux. Il portait un jean et un maillot de foot.

– Hé, attendez !

– Salut, Mark ! dit Callum.

– Salut. C'est vous qui avez mis les affiches ? demanda Mark en leur montrant de petits haut-parleurs. Je viens d'avoir de nouvelles enceintes pour mon iPod, alors si ça vous intéresse, je vous donne celles-là.

Callum lui présenta les filles et expliqua :

– On est dans la même classe.

– Alors, tu joues au foot ? demanda Amy à Mark en désignant son maillot.

– Oui, quand je peux. Pas aussi souvent que je voudrais, en ce moment, vu que M. Richards nous a piqué notre terrain. J'ai vu que vous aviez prévu du foot.

– Oui ! On va organiser des matchs par équipes de cinq dès qu'on aura assez de joueurs.

– Super, j'en suis, promit Mark. À tout à l'heure devant le Buttercup !

Amy et ses amis firent quelques maisons de plus et gagnèrent un ensemble de cricket et même une table de ping-pong pour avoir repeint une clôture. Ils retournèrent à l'hôtel pour y déposer tout le matériel.

— Il est presque dix-sept heures, observa Callum avec un coup d'œil à son téléphone.

Ils passèrent chercher Thomas à Apple Cottage et allèrent attendre devant le Buttercup. Lottie leur apporta des glaces qu'ils dégustèrent dans la lumière mouchetée du soleil couchant. « Pourvu qu'on ait du monde », pensa Amy. Y aurait-il assez de jeunes dans Foxwood à avoir vu leur annonce ?

Elle se leva du muret. Quelqu'un arrivait sur la route ! C'était Mark avec trois autres garçons. Tous apportaient quelque chose : une guitare, un ballon de foot et des canettes de limonade. Amy sourit et leur fit un geste de la main.

— Je vous avais dit que je viendrais ! dit Mark. Mes copains, Tom, Jack et Oscar.

Callum fit les présentations de leur côté, puis regarda dans la rue.

— Ne croyez pas qu'on soit déçus que vous soyez là, mais vous pensez que d'autres vont venir ?

Amy regarda l'heure sur son téléphone. Il était dix-sept heures passées de plusieurs minutes. Elle ne put s'empêcher de se sentir un peu dépitée. Elle espérait que beaucoup de jeunes seraient ravis à l'idée d'avoir un endroit à eux.

— On devrait peut-être y aller, dit-elle.

Callum hocha la tête d'un air sombre, mais Tanya cria :

– Attendez !

De l'autre côté de la route, une porte d'entrée s'ouvrait. Une fille à la longue queue-de-cheval apparut et traversa pour les retrouver. Amy, Tanya et Callum échangèrent des regards fébriles. Ils allaient peut-être avoir un peu plus de monde, finalement !

– Bonjour, dit la fille avec un regard timide derrière ses longs cils. C'est vous qui avez mis les affiches ?

– C'est bien nous ! répondit Amy.

– Ah, génial ! J'appelle ma sœur.

Elle revint avec sa jumelle, qui avait les cheveux relevés en tresse africaine. Elles apportaient toutes les deux des jeux de plateau et de cartes. La première les présenta : Chloé et Olivia.

– Je vais envoyer des messages à mes copines pour leur dire de nous rejoindre.

L'écho de bavardages flottait dans l'air. Soudain, les enfants semblaient affluer de toutes les directions pour venir se rassembler devant le Buttercup. Tous avaient apporté des jeux de société, du matériel de sport, de la nourriture ou d'autres dons. Ils se placèrent autour d'Amy et des autres, l'attente se lisant sur leur visage. Callum se pencha vers Amy.

– Euh, je crois qu'il faut qu'on dise quelque chose.

– Ah, d'accord.

Amy s'avança.

– Merci à tous d'être venus ! Suivez-nous vers l'hôtel Summertime !

Le groupe poussa des acclamations et Amy se sentit toute fière. Quand elle regarda Callum et Tanya, ils avaient les yeux brillants. Entraînant Thomas par la main, elle prit la tête du groupe. En descendant la route vers l'hôtel, elle regarda les enfants qui riaient derrière elle.

– C'est impressionnant, non ? dit-elle à Callum et Tanya. Regardez un peu ce qu'on a lancé !

L'hôtel résonnait des bruits de rires et de jeux. Dans la véranda, Mark et ses amis passaient de la musique. Thomas et une petite fille appelée Ellie dessinaient sur de grandes feuilles de papier dans un coin de la salle de bal. Amy expliquait son projet de tournoi à deux filles et les ajoutait à la liste de participants sauvegardée sur son téléphone.

– Merci ! cria-t-elle aux filles qui repartaient. Callum, on en est à dix joueurs. Assez pour deux équipes !

– Tope là ! s'écria Callum en lui tapant dans la main.

Tanya arriva avec les jumelles.

– On a déménagé des tables et des chaises dans la bibliothèque, annonça-t-elle. Ça va faire une super salle de détente. C'est juste dommage que tout soit aussi crasseux.

Elle fronça le nez, pendant qu'Olivia et Chloé échangeaient un regard.

– On y réfléchissait, dit Chloé. Notre père dirige une entreprise de nettoyage, je suis sûre qu'il serait prêt à aider.

– Ça serait top ! approuva Callum. Vous croyez qu'il pourrait nous fournir des éponges, des seaux, et tout ce qu'il faut ? Si on s'y met tous, je suis sûr qu'on pourrait rendre ça net en un rien de temps.

– On lui demandera ce soir, répondit Olivia.

– Cool, dit Amy, qui regarda Thomas. Il commence à se faire tard. J'ai promis à Pat et John de le ramener avant huit heures et demie. Tanya, tu rentres avec moi ?

Elle partit chercher son sac. Callum sourit avec satisfaction.

– On peut être contents de notre journée de boulot. Et vous savez le meilleur ? On peut revenir au Summertime demain !

Une fois que Thomas eut arrêté de jacasser avec excitation au sujet de l'hôtel et fut allé se coucher, Amy s'excusa et partit dans sa chambre pour essayer d'avoir sa mère sur Skype. Elles avaient échangé quelques messages depuis la dernière fois, mais Amy voulait lui parler vraiment. En allumant son ordinateur, elle se souvint comme elle était en colère lors de leur dernière conversation, et sourit toute seule. Cela semblait il y a bien longtemps.

— Ma chérie ! s'écria sa mère quand son visage apparut à l'écran.

Cette fois, elle était seule et portait un peignoir bleu, les cheveux mouillés à la sortie de la douche.

— Comment ça se passe ?

— Bien, maman, vraiment, dit Amy sans mentir. C'était vraiment bizarre d'être à Foxwood au début, mais maintenant... j'aime bien !

— C'est vrai que tu es toute contente. Mais je suis désolée que tu ne t'y sois pas plu dès le début. J'aurais dû le remarquer.

— C'est pas grave, maman. Il s'est passé tellement de choses en quelques jours.

Amy lui raconta tout : les disputes avec Tanya, leur réconciliation, Callum et sa mère complètement folle, Thomas qui avait failli fuguer, mais se sentait bien maintenant, Eva et son triste secret, et bien sûr, Lottie et l'hôtel Summertime.

— Waouh, dit sa mère une fois son récit terminé. Tu as vraiment été occupée ! Lottie a l'air très sympa. Quelle vie étrange, dis donc.

– C'est sûr. Je n'arrive toujours pas à croire à quel point elle est généreuse.

– Peut-être que vous pourriez faire quelque chose en retour.

– J'aimerais bien ! Mais quoi ?

– Cet Edward, dit lentement sa mère, pensive. Est-ce qu'elle a fini par savoir ce qu'il était devenu ?

Amy comprit où sa mère voulait en venir.

– Non, mais on pourrait essayer de le retrouver ! Maman, ce serait génial !

– Toi et tes amis, vous êtes apparemment les personnes rêvées pour le boulot, sourit sa mère. Vous vous êtes tellement bien débrouillés pour Lottie.

Elles parlèrent encore quelques minutes, puis Amy se déconnecta en lui promettant de la rappeler bientôt. Dehors, le ciel était baigné d'étoiles. « C'est magnifique, pensa Amy. Pas étonnant qu'Edward ait été un poète. Il a dû trouver plein d'inspiration dans le coin. » Elle allait fermer ses rideaux avant de se mettre en pyjama, quand elle s'interrompit.

Sur le chemin parallèle au cottage, Lucas poussait sa mobylette. Il n'aurait pas pu avoir l'air plus malheureux s'il avait essayé. Tête basse, épaules voûtées, il s'arrêta une seconde pour se frotter la main sur la manche, puis agrippa le guidon et repartit.

Amy sentit à nouveau un élan de sympathie à son égard. Tous les enfants et ados de Foxwood, ou à peu près, avaient passé la soirée à l'hôtel et s'étaient éclatés. Tous sauf Lucas. Elle ferma les rideaux, mais au lieu de se déshabiller, elle attrapa son blouson. Encore quelques jours plus tôt, elle avait du mal à être dans la même pièce que Tanya. Les choses avaient changé, alors peut-être arriverait-elle à régler le problème avec Lucas aussi ? « Personne n'est entièrement méchant, quand même, se dit-elle. Ou si ? »

— Lucas ! appela Amy, qui se mit à courir sur le chemin pour le rattraper. Attends-moi !

— Qu'est-ce que tu veux, toi ? maugréa-t-il sans ralentir.

Amy fit la grimace. À l'évidence, ça n'allait pas être aussi facile qu'elle l'avait cru.

— Oh, tu sais, lança-t-elle en s'efforçant de paraître naturelle. Je t'ai vu passer et j'avais envie de te dire bonjour.

Le reniflement méprisant de Lucas ramena Amy à la réalité. « Bon, ce n'était pas hyper-convaincant. On ne peut pas dire qu'on soit super-copains. »

— Alors, où tu vas comme ça, si tard ? demanda-t-elle.

— Ce tas de ferraille pourri a fini par me lâcher, je le porte à la benne.

Lucas donna un violent coup de pied dans la roue avant, qui émit un son métallique étouffé.

– Je croyais que tu l'adorais ?

Malgré la nuit, Amy eut la certitude de voir Lucas rougir.

– Plus d'importance. Je peux pas la réparer, et maman sera d'accord pour m'en acheter une neuve, alors pour quoi faire ?

Amy garda le silence un moment, le temps de retourner une idée dans sa tête.

– Tu sais, à l'hôtel on a lancé une...

– Oh, non, pas encore cette vieille ruine, la coupa Lucas. J'en peux plus d'en entendre parler.

Amy saisit le guidon.

– Écoute-moi une seconde, tu veux ? Je crois que je peux t'aider à réparer ta mobylette.

Elle lui raconta que les gens donnaient des objets à utiliser à l'hôtel en échange de petits travaux faits dans la journée.

– Je vais pas tailler la haie d'un petit vieux, affirma Lucas. Pas moyen.

– Ça m'étonnerait que quelqu'un t'en croie capable, de toute façon. Ce que je voulais dire, c'est qu'on pourrait peut-être troquer quelque chose contre la réparation de ta mobylette.

Lucas esquissa une moue dubitative.

– Ça, c'est l'idée la plus débile que j'aie jamais entendue. Tu passes trop de temps avec Tanya.

L'irritation d'Amy menaça de l'emporter sur sa résolution. Elle se força à la mettre de côté. Lucas pensait qu'elle n'y arriverait pas, et elle était décidée à lui prouver qu'il avait tort. Ne serait-ce que pour voir l'expression de son visage.

– Tanya n'est pas débile, elle est dyslexique. Allez, donne ta bécane, et je te promets de te la rendre en état de marche.

– Et qu'est-ce que tu y gagnes ?

– Pas des remerciements, si j'ai bien compris.

– Bof, comme tu veux, dit Lucas, qui laissa la mobylette à Amy. Amuse-toi bien à la porter à la déchetterie, quand tu auras compris que tu ne peux rien en tirer.

Il repartit vers New Manor Farm et disparut dans le noir. Amy fit reprendre à l'engin le chemin du cottage. La fatigue lui tomba dessus comme une chape de plomb. Une entrevue avec Lucas Richards, c'était épuisant dans le meilleur des cas, alors après une journée aussi remplie, elle n'attendait qu'une chose : pouvoir s'écrouler dans son lit.

– Tu me passes le chiffon, Amy ?

Perché sur un escabeau, Callum nettoyait les vitres crasseuses de la salle de bal. Des enfants étaient éparpillés dans l'hôtel, armés de seaux et d'éponges. À l'étage, on entendait vrombir l'aspirateur industriel prêté par le père des jumelles. Amy, Tanya et Callum s'étaient attaqués à la salle de bal qui, pensa Amy avec satisfaction, était redevenue presque aussi belle que sur les photos vues chez Lottie.

– C'est pas possible, tu aimes ça, se moqua Tanya en tordant une serpillière.

– Avec la quantité de fumier que j'ai remuée ce matin à la ferme, un peu de poussière, c'est un cadeau du ciel, plaisanta Callum.

Amy fit retomber sa serpillière dans un seau et la passa sur les lames de plancher, qui révélaient à mesure leur lustre couleur miel doré.

– Alors, j'ai parlé à Lucas, la nuit dernière, commença-t-elle.

Ses deux amis interrompirent leurs tâches pour la regarder d'un air hébété.

– Je sais, je sais...

Amy enchaîna en leur racontant sa promesse à propos de la mobylette. Tanya prit un air horrifié.

– Ça va pas ? s'indigna-t-elle. Pourquoi tu veux l'aider ? Il est trop affreux, celui-là. Tu as entendu sa façon de me parler.

Callum affichait un air dubitatif.

– Je pense que tu perds ton temps. Même si tu y arrives – ce qui ne sera pas évident, parce que autant que je sache, personne ici ne s'y connaît en mécanique –, il trouvera un moyen de te rire au nez.

— Je sais tout ça, répondit Amy. Mais vous n'avez pas non plus vu comment son père s'adresse à lui. Ça m'a fait penser qu'il n'y a peut-être pas grand monde qui fait des choses sympas pour Lucas.

— Je me demande bien pourquoi, grommela Tanya.

Amy s'appuya sur le manche de sa serpillière à franges.

— En tout cas, son problème de mobylette m'a donné une idée.

— Vas-y, l'encouragea Callum.

— Pour l'instant, on a fait des petits boulots en échange d'objets pour l'hôtel. Si on lançait carrément un service de troc ? Les gens pourraient échanger des objets, des services... tout ce qu'ils veulent. On pourrait lancer ça sur le site du village. Qu'est-ce que vous en pensez ?

— Pas mal, fit Callum. Je pense que ça marcherait.

— Moi aussi, dit Tanya. Je vais chercher mon ordi.

Avec Amy et Callum assis à côté d'elle sur le plancher, Tanya utilisa le logiciel de création graphique pour poster une nouvelle annonce sur le site de Foxwood. Elle établit une colonne à gauche pour inscrire ce qu'on recherchait et une à droite pour annoncer ce qu'on avait à offrir en échange.

– Parfait, dit Amy quand Tanya tourna l'écran vers eux pour qu'elle vérifie. Il lui faut un titre, par contre.

– Troc en stock ? proposa Callum.

– Vendu ! Allez, premier service demandé, dit Amy.

Elle tapa dans la colonne « Recherche » : réparation de mobylette.

– Je trouve quand même que tu es folle d'aider Lucas, déclara Callum. Mais j'espère que le Troc en stock va marcher.

Ils posèrent l'ordinateur de Tanya à l'écart pour éviter qu'il se fasse asperger, puis se remirent au travail. Quand ils en eurent fini, la lumière qui traversait les vitres lavées par Callum avait pris des tons orangés et roses. Ils allèrent au centre de la pièce pour admirer leur travail. Amy imagina le tournoi de foot battant son plein, les joueurs courant dans tous les sens pendant que les spectateurs les acclamaient sur les côtés, et elle poussa un soupir de bonheur. Ils appelèrent les autres qui nettoyaient encore et se rassemblèrent dans la véranda, où Mark et ses amis avaient frotté les carreaux jusqu'à les faire briller. Callum et Tanya partagèrent l'énorme dîner que leur avaient préparé Pat et John : des sandwiches et salades du Buttercup, du fromage de Turnpike Farm et une tarte aux pommes faite avec les fruits du verger d'Apple Cottage.

Amy essuya les miettes sur sa bouche. Elle désigna l'ordinateur de Tanya.

– Je peux regarder s'il y a du nouveau sur Troc en stock ?

Tanya lui fit passer le portable. Quand Amy ouvrit le site de Foxwood, elle poussa un grand cri de joie :

– Ouais ! Ça a marché !

– Il y a quelqu'un pour réparer la mobylette de Lucas ? demanda Callum.

– Non, mais quelqu'un a demandé un service ! répondit Amy, qui lut tout haut le message. « Recherche : de l'aide pour changer de pièce une commode lourde chez moi. Offre : deux vélos d'occasion. Joan. » C'est un début, non ?

Tanya approuva et pointa l'adresse au bas du message.

– Je sais où c'est. Ça doit être Joan qui travaille à la poste.

Amy jeta un coup d'œil par la fenêtre. La lumière faiblissait.

– Allons-y avant la nuit !

14

– Ouf, cette commode pesait une tonne, déclara Tanya, qui repartait de chez Joan avec Amy.

– Tu l'as dit ! J'ai l'impression d'avoir les bras en pâte à modeler.

Les deux filles avaient décidé de retourner avec les deux vélos au Summertime pour les déposer dans la cave, afin qu'ils puissent être utilisés par tout le monde.

L'air frais cinglait le visage d'Amy. Elle n'était pas encore habituée à la pureté de l'air par rapport à Londres. Les senteurs de rosée sur l'herbe et de terre mouillée imprégnaient l'atmosphère. Même la puanteur du fumier à Turnpike Farm paraissait plus saine que celle des gaz d'échappement émis par les files de véhicules qui se succédaient devant l'immeuble où elle vivait avec son père et Thomas. Mais ce soir, elle repéra une autre odeur. Elle freina et renifla.

– Qu'est-ce que c'est ?

Tanya s'arrêta à son tour, perplexe.

– Un feu de joie ?

Amy fronça les sourcils. Ce n'était pas l'odeur de Guy Fawkes Day, le jour des feux de joie en Angleterre.

– Je ne crois pas... Regarde, de la fumée !

Elles foncèrent sur la route, et l'épaisse colonne de fumée sembla s'agrandir sous leurs yeux, tournoyant dans le ciel nocturne. Elles accélérèrent. Amy était en proie à un sinistre pressentiment.

– Il y a un incendie quelque part, haleta Tanya.

Elles s'efforcèrent d'aller encore plus vite, et en se rapprochant, elles distinguèrent clairement d'où provenait la fumée. « Oh, non, c'est pas vrai... »

– Le Buttercup ! cria Amy. Il faut aider Lottie !

Pédalant avec rage, le cœur martelant dans sa poitrine, Amy précéda Tanya devant le café, où elles s'arrêtèrent à grand bruit. Amy était descendue de vélo avant même que les roues aient arrêté de tourner. Des flammes énormes léchaient l'extérieur du bâtiment, dégageant une chaleur qui lui donna l'impression d'être devant un four géant. Elle chercha son téléphone de ses mains tremblantes et composa le numéro d'urgence :

– Les pompiers. Et il vaudrait mieux envoyer une ambulance aussi.

Amy regarda autour d'elle en vain dans l'espoir de trouver quelqu'un, mais la rue était déserte hormis une voiture noire étincelante un peu plus loin sur la route. Elle plissa les yeux pour y voir dans la fumée âcre. « C'est une Mercedes... ? » Un peu plus loin, entre le café en flammes et la maison, un homme courait dans l'ombre. Il monta dans la voiture et au passage, son visage fut illuminé par les flammes. Amy arrêta de respirer et prit le bras de Tanya.

– Regarde ! C'est M. Richards !

La voiture s'éloignait déjà du trottoir et partit dans un crissement de pneus.

Tanya regarda Amy avec stupeur.

– Pourquoi il n'est pas resté aider ?

– Et surtout, qu'est-ce qu'il venait faire ici ?

Mais elles n'avaient pas le temps d'y réfléchir dans l'immédiat. Par les fenêtres, elles voyaient les flammes qui vacillaient sur le comptoir, s'étendant par le sol vers les sièges. La fumée sortait en grandes volutes. Amy sentait sa peau la piquer sous la chaleur, et ses yeux s'étaient mis à larmoyer.

– Que font les pompiers ? marmonna-t-elle.

Pourvu qu'ils se dépêchent. Elle redoutait de penser à l'état de l'appartement de Lottie, juste au-dessus du café.

Des gens avaient commencé à s'amasser dans la rue à côté d'elles, regardant l'incendie comme fascinés.

– Regardez ! cria un homme en blouson vert. À la fenêtre !

C'était le visage effrayé de Lottie qui regardait en bas. Amy se sentit prise de nausée. Tanya lui prit la main et la pressa dans la sienne.

– Sautez ! cria une femme.

– Non, elle est trop haut, cria un homme plus vieux. Il vaut mieux qu'elle attende les pompiers.

On entendit un grand craquement ; les flammes avaient atteint le panonceau où était peint un pissenlit. Elles l'entourèrent, le transformant en bannière incandescente un instant, puis le panneau s'effondra à terre, en copeaux charbonneux déformés. Au moment de cette chute, Amy vit Lottie ouvrir la bouche pour crier, puis s'éloigner de la fenêtre.

– On ne peut pas rester à regarder ! s'écria Amy.

Se souvenant de la conférence des pompiers à son collège au dernier trimestre, elle prit la bouteille d'eau qu'elle avait dans son sac et la renversa sur son tee-shirt, avant de le retirer pour le mettre sous son nez. Évidemment, les soldats du feu leur expliquaient comment sortir d'un bâtiment en flammes et non y entrer, mais elle ne savait pas quoi faire d'autre.

– Amy ! hurla Tanya. Qu'est-ce que tu fais ?

Elle n'avait pas de temps à perdre en explications. Le cœur battant à tout rompre, elle courut vers le café, prit une grande inspiration et s'introduisit à l'intérieur.

Une fumée âcre semblait s'élever de chaque surface. Amy eut l'impression qu'on lui comprimait la gorge. Elle prit des inspirations chaotiques en prenant bien garde de maintenir la bouche derrière le tee-shirt imbibé d'eau, en espérant qu'il filtre la plupart des gaz toxiques. Le craquement des flammes était sonore, mais elle entendit un cri et regarda autour d'elle. C'était Tanya ! Elle aussi devait avoir mouillé son haut, qu'elle tenait contre sa bouche et son nez, comme Amy.

La présence de Tanya lui redonna du courage. Elle avança dans la fumée, appelant Lottie entre deux quintes de toux. À la place du comptoir se dressait un mur de flammes. Les étincelles jaillissaient et se consumaient sur le sol noirci. Au-dessus, la pendule en plastique fondait, comme un marshmallow sur un feu de camp. Tanya prit Amy par l'épaule et lui fit signe de se baisser. Amy comprit tout de suite pourquoi : la fumée était moins épaisse. Elle voyait l'encadrement de la porte de la cuisine, et juste derrière, une silhouette affaissée par terre...

– Elle est là ! dit Amy en suffoquant presque.

Au prix d'un grand effort, elle avança vers elle. Lottie était étendue de façon peu naturelle, une jambe tordue.

– Ma cheville... se plaignit-elle d'une voix sifflante inquiétante. Les escaliers... Je suis tombée...

– Ça va maintenant, dit Amy.

Elle la souleva par un bras, et Tanya saisit l'autre. Lottie essaya de se mettre debout, mais elle n'arrivait pas à s'appuyer sur sa cheville blessée. Ses paupières se fermèrent.

– Il faut qu'on la porte, dit-elle à Tanya, les yeux ruisselants.

La fumée était désormais d'une épaisseur impressionnante et les flammes arrivaient presque à la porte de la cuisine. C'était maintenant ou jamais.

– Un, deux, TROIS !

Aussi vite que possible, elles traînèrent Lottie dans le café en feu et lui firent franchir la porte. L'homme au blouson vert ainsi qu'une femme les attendaient dehors et accueillirent Lottie dans leurs bras.

– Bravo, toutes les deux, s'exclama une autre femme, aux cheveux blonds courts. Vous êtes les personnes les plus courageuses que j'aie jamais vues.

Elle les amena loin de l'incendie et les fit asseoir sur un muret au bord de la route.

– Quelqu'un a de l'eau ? cria-t-elle.

Une personne partit en chercher dans une maison. Entre les grandes quintes de toux qui la faisaient plier en deux, Amy aspirait avec empressement de grandes goulées d'air. Tanya respirait avec de grands sifflements, les yeux rouges.

On entendit des sirènes approcher. Le camion des pompiers arrivait sur la route, les gyrophares actionnés, bientôt suivi d'une ambulance. Le personnel soignant s'empressa auprès de Lottie, qui avait été allongée sur le sol. On lui ajusta un masque à oxygène et on la hissa sur une civière. La femme blonde appela également une infirmière auprès d'Amy et Tanya.

– Lottie ? demanda Amy, paniquée. Elle va bien ?

– Elle est entre de bonnes mains, la rassura l'infirmière.

Elle leur mit aussi à toutes les deux un masque à oxygène et les examina. Elle trouva à Amy une brûlure sur la main, et à Tanya plusieurs sur les bras.

– Vous avez une chance inouïe de ne rien avoir de grave, déclara-t-elle en leur couvrant les brûlures de gaze. Les ambulanciers emmènent votre amie à l'hôpital. Il faut que vous veniez aussi pour des examens plus complets. Donnez-moi les numéros de chez vous.

Pendant que l'infirmière appelait à Apple Cottage, Amy repensa à M. Richards qui s'éloignait en hâte du café en flammes. Était-il simplement lâche, ou y avait-il quelque chose de plus ? Lottie venait de refuser de lui vendre le Summertime une semaine plus tôt. Était-ce sa façon de prendre sa revanche ? « M. Richards n'est quand même pas capable de faire une chose aussi horrible, se dit Amy. Ou alors... ? »

15

Le lendemain, Pat et John firent asseoir les filles à la table de la cuisine avant que Thomas descende pour le petit déjeuner. Tout le monde avait l'air épuisé : après le passage par l'hôpital dans la soirée, le retour à la maison avait été tardif. Amy et Tanya s'étaient vu panser leurs brûlures et assurer qu'elles n'auraient pas de séquelles suite à l'inhalation de fumée. Sur le chemin du retour, John les avait averties d'un ton sentencieux qu'ils reparleraient de ce qui s'était passé au matin. Sous le regard sérieux de Pat, Amy se demanda ce qu'ils allaient dire.

— Vous vous êtes montrées très courageuses, on ne prétend pas le contraire, commença Pat. Mais c'était quand même de la folie. Ça aurait pu être très grave.

— Nous voulons pouvoir vous faire confiance et vous laisser vous débrouiller seules, ajouta John d'un air grave. Mais si vous passez votre temps à vous introduire dans des bâtiments abandonnés ou à vous engouffrer dans d'autres en flammes, nous ne pouvons pas être assurés de votre sécurité.

Amy sentit son cœur battre plus vite. Ne voyaient-ils pas qu'elle et Tanya n'avaient pas eu le choix ? Allaient-elles être interdites de séjour au Summertime parce qu'elles avaient sauvé Lottie ?

– Évidemment, on ne va pas vous punir, dit Pat comme si elle avait lu dans ses pensées. Par contre, c'est votre dernier avertissement. Si vous vous livrez à d'autres activités dangereuses, nous devrons envisager de vous obliger à rester tout le temps au cottage.

– D'accord, mamy, répondit doucement Tanya.

– Compris, Pat, fit Amy en écho.

Les yeux de la grand-mère se remirent à briller.

– Bien. Maintenant qu'on en a fini, voyons si on a de quoi nourrir nos deux héroïnes.

Une heure plus tard, Amy et Tanya étaient devant les murs consumés du Buttercup Café. Un périmètre de sécurité avait été délimité autour du site et les pompiers étaient encore en train de nettoyer les gravats. Les fenêtres n'avaient plus de vitres et les poutres en bois étaient carbonisées. Des flaques d'eau s'étalaient par terre.

– Amy ! Tanya ! cria Callum en courant les rejoindre. Maman vient de m'apprendre la nouvelle.

Alors c'est vous qui avez sauvé Lottie ! C'est franchement extra !

Amy et Tanya lui racontèrent plus en détail les événements. Amy expliqua que M. Richards avait été présent au début, puis était parti sans se faire remarquer. Callum fronça les sourcils.

— Il a peut-être une explication qui tient la route, mais j'avoue que c'est très louche. Si c'est lui qui a provoqué l'incendie, il y a peut-être des preuves quelque part.

Amy hocha la tête. Elle se dirigea vers deux pompiers qui transportaient un tas de verre cassé.

— Excusez-moi, dit-elle en se penchant au-dessus des bandes blanc et rouge. Vous savez comment le feu a commencé ?

L'un des hommes avança vers elle en s'essuyant le front.

— Ça ressemble à un feu de cuisine classique. La dame qui vit là devait avoir laissé le four à gaz allumé. Ensuite, il suffit d'une petite étincelle, et... Voyez le résultat, dit-il en désignant les décombres.

— En fait, quand je suis arrivée hier soir, j'ai vu quelqu'un tout près, et il est parti très vite. Serait-ce possible que l'incendie ait été démarré volontairement ?

Le pompier prit l'air grave.

– Tu parles d'incendie criminel ? C'est une accusation très sérieuse, tu sais. Non, le départ de feu est dans la cuisine, et ça arrive très souvent avec les personnes âgées.

Il retourna à son travail. Amy se sentit très énervée. Elle savait pourtant que M. Richards était venu là !

– Il y a une policière, là-bas, lui signala Callum. On peut essayer d'aller lui parler.

Elle se tenait à côté de sa voiture et parlait dans sa radio. Quand elle eut terminé, elle leur sourit.

– C'est vous les courageuses qui ont fait sortir la dame hier soir ?

– Oui, mais on a quelque chose à vous dire, répondit Amy. On pense que l'incendie était volontaire.

Leur interlocutrice haussa les sourcils.

– Continuez, dit-elle en sortant un carnet et un stylo.

Amy lui raconta qu'elle avait vu M. Richards sur les lieux et qu'il avait une raison d'en vouloir à Lottie.

La policière écouta avec attention, puis se tourna vers Tanya :

– Tu as vu M. Richards, toi aussi ?

Tanya rosit.

– Euh, pas vraiment. Mais si Amy l'a vu, c'est bien qu'il était là...

La policière soupira.

– Vous ne vous rendez pas compte que c'est une accusation très grave ? Tu as peut-être cru voir M. Richards, mais ça ne veut pas dire que c'était lui. Surtout si personne d'autre ne l'a remarqué. Il faisait sombre, alors tu as très facilement pu te tromper.

Elle rangea son carnet et conclut :

– Tout le monde vous est très reconnaissant d'avoir été aussi intrépides hier soir, mais merci d'arrêter de jouer les détectives et de laisser les professionnels faire leur travail. C'est compris ?

Amy bouillait de rage.

– J'arrive pas à y croire, dit-elle alors que la policière repartait dans sa voiture. M. Richards va s'en tirer, alors ?

– Si seulement je l'avais vu aussi, souffla Tanya, toute malheureuse.

Callum leur passa un bras par-dessus l'épaule à chacune.

– N'abandonnons pas tout de suite. S'ils veulent des preuves, on n'a plus qu'à en trouver.

Affalés sur le canapé dans le salon d'Apple Cottage, Amy, Tanya et Thomas sursautèrent en entendant la porte s'ouvrir. Ils coururent dans l'entrée, où ils virent Pat qui tenait la porte ouverte pendant que dans l'allée, John poussait Lottie, installée dans un fauteuil roulant. Amy lui reconnut une des robes de Pat. Elle avait la cheville bandée, mais les yeux brillants, et elle sourit en les apercevant.

— Quel accueil agréable, dit-elle d'une voix encore enrouée.

Une fois à l'intérieur, Pat s'affaira pour installer Lottie dans un fauteuil. Amy aida à tapoter les coussins pour s'assurer qu'elle serait bien et Tanya revint de la cuisine avec un plateau de thé. Thomas plaça son lion en plastique sur les genoux de Lottie.

— Il va veiller sur toi, expliqua-t-il.

— Merci à tous ! s'exclama Lottie. Pat, vous êtes vraiment sûre que ça ne vous dérange pas que je reste ici ? Vous avez déjà beaucoup de monde chez vous.

— Mais pas du tout, se récria Pat. Vous êtes la bienvenue aussi longtemps que vous le voulez. Tanya, ça ne te dérange pas que Lottie prenne ta chambre ?

— Mais je vais dormir où ? s'étonna sa petite-fille.

— Tu peux dormir avec Amy. Ça vous ira, les filles ?

— Super, dit Amy en affichant un grand sourire. Ça sera sympa.

Quelques jours auparavant, la perspective de partager une chambre avec Tanya aurait été son pire cauchemar, mais maintenant... Elle espérait que ça allait bien se passer. Tanya, l'air d'abord dubitatif, finit par donner un signe d'assentiment. Soulagée, Amy poussa un soupir. Ce n'était pas idéal, mais pour Lottie, elles allaient faire des efforts.

– Comment vous sentez-vous ? demanda-t-elle en s'asseyant à côté de Lottie.

– Le médecin m'a dit que j'étais la personne la plus chanceuse qu'il ait rencontrée. J'ai inhalé pas mal de fumée et je me suis foulé la cheville en tombant dans l'escalier, mais ça va.

Ses yeux s'emplirent tout à coup de larmes.

– Vous m'avez sauvé la vie, les filles. On n'avait jamais accompli une chose aussi brave, aussi merveilleuse et altruiste pour moi.

Amy l'embrassa sur la joue.

– Ne nous remerciez pas, on est très contentes de l'avoir fait.

Pat et John partirent préparer les chambres, puis Thomas sortit s'occuper de Bart. Amy décida de profiter de leur absence pour se renseigner sur ce que savait Lottie de l'incendie. « Je ne veux pas lui faire peur », pensa-t-elle. À son soulagement, c'est la vieille dame elle-même qui aborda le sujet.

– Les pompiers m'ont dit que j'avais dû laisser le four allumé. J'ai l'impression d'être une vieille idiote.

Amy secoua la tête avec véhémence.

– Vous êtes tout sauf une vieille idiote ! Qu'est-ce qui s'est passé, à votre avis ?

– Mes souvenirs sont vagues, en fait. Je me suis préparée pour la nuit, et j'ai dû m'endormir. Quand je me suis réveillée, il y avait de la fumée qui passait sous la porte de la chambre.

– Est-ce que vous avez remarqué quelque chose... d'inhabituel ?

– Je ne crois pas. C'était une soirée ordinaire. Si les pompiers pensent que ça venait du four, je suppose que c'est ça.

Amy lança un regard à Tanya. Pouvait-il vraiment s'agir d'un accident ? Cela semblait tellement peu probable que M. Richards se soit trouvé sur place, mais n'ait rien à voir avec l'incendie.

Lottie demanda à utiliser le téléphone, et Amy le lui montra dans l'entrée. Avec Tanya, elle monta pour terminer de déplacer les affaires. John venait d'installer un lit de camp à côté de la fenêtre de sa chambre. Elle aida sa demi-sœur à rassembler son équipement de photo, ses chaussures, ses vêtements et ses quelques livres dans des cartons et des sacs pour les déplacer plus facilement. Pendant qu'Amy dégageait une étagère dans l'armoire, Tanya déposa avec précaution un cadre à terre, à côté de son lit. La photo montrait un homme et une petite fille sur la plage, tous deux en tee-shirts de couleurs vives, arborant des sourires et d'épais cheveux noirs très ressemblants.

— Ah, c'est toi ! s'écria Amy en reconnaissant les traits de Tanya. Avec ton père ?

Tanay opina de la tête.

— Il a l'air gentil. Il est où, maintenant ?

Tanya eut l'air abasourdi.

— Il est mort. Quand j'avais sept ans. Tu n'étais pas au courant ?

Amy se sentit mortifiée. Comment avait-elle pu ne pas s'en rendre compte ? Si seulement elle avait pu retirer ses paroles !

— Mon père m'a dit qu'il était « parti », alors j'ai cru qu'il avait déménagé loin, comme ma mère... Oh, je suis désolée, Tanya.

Ne sachant pas quoi faire d'autre, Amy la prit dans ses bras. Elles s'embrassèrent et restèrent un moment enlacées. Finalement, Tanya se dégagea et ramassa la photo.

— C'était un accident d'escalade. Ma mère avait pris cette photo l'été d'avant. Il me manque tous les jours. Il était photographe naturaliste, alors c'est sans doute pour ça que ça m'intéresse autant.

« Pas étonnant qu'elle soit si proche de Cathy, pensa Amy. Elles sont restées seules longtemps. » Elle poussa de côté les photos qu'elle avait disposées sur le bureau. Il y en avait une d'elle avec sa mère et Thomas devant la tour Eiffel, et une d'elle et son père sur la grande roue de Londres.

– On peut la mettre là, si tu veux ? Pour qu'elle soit en place d'honneur ?

Tanya posa son cadre à l'endroit dégagé.

– Merci, Amy, dit-elle avec un regard reconnaissant.

– Pas de quoi, répondit Amy en regardant dans la pièce. Je pense qu'on a tout. On va voir où en est Lottie ?

Elles redescendirent au salon et quand elles franchirent la porte, Amy fut prise de frayeur. Lottie était affaissée sur le canapé avec un mouchoir et Pat la tenait par les épaules. John se tenait debout à côté d'elle, le visage sombre.

– Qu'est-ce qui se passe ?

– Lottie vient de parler à son assureur pour le café, expliqua Pat.

La vieille dame se tamponna les yeux.

– Ils ne peuvent pas prendre en charge les frais. Apparemment, je n'ai pas coché la bonne case sur le formulaire... Oh, je savais bien que j'aurais dû demander à mon notaire de vérifier mes papiers. (Elle leva les yeux vers Amy et Tanya.) Les filles, je suis vraiment désolée. Je n'ai pas le choix : je vais devoir accepter l'offre de M. Richards pour le Summertime.

Amy sentit son cœur se serrer. En fin de compte, M. Richards allait obtenir exactement ce qu'il convoitait.

16

Des nuages violacés s'accumulaient bien bas au-dessus de Foxwood, s'accordant parfaitement à l'humeur d'Amy. Avec Tanya, elle se hâta de traverser le village pour se rendre au Summertime. Elles passèrent devant les décombres du Buttercup Café, encore balisés par des bandes en plastique, mais d'un calme surnaturel maintenant que les policiers et pompiers s'étaient retirés.

– J'y crois pas, dit Callum, qui courait à leur rencontre.

Amy lui avait fait part de la mauvaise nouvelle par texto.

– Comment va-t-on annoncer ça à tout le monde ? gémit Amy. Ça va être horrible. Ils vont tous être dégoûtés !

Quand ils arrivèrent à l'hôtel, il y avait beaucoup de monde au portail. Des personnes en costume ou tailleur, portant un casque de chantier, parlaient au téléphone, prenaient des notes et regardaient le

bâtiment sous tous les angles. Au centre de cette agitation se trouvait M. Richards.

– On arrive trop tard, fit Tanya, consternée. Il ne va jamais nous laisser entrer.

Amy repéra Lucas qui se cachait derrière son père. Il était tout rouge et jetait des coups d'œil autour de lui d'un air gêné. « Ça alors », se dit Amy. Elle aurait cru que Lucas se réjouirait de la victoire de son père contre les jeunes de Foxwood.

– Bob, le haut-parleur, demanda M. Richards.

L'homme qu'Amy et Callum avaient déjà aperçu l'autre fois à l'hôtel lui passa l'objet. Le père de Lucas se retourna vers le bâtiment avec une moue arrogante.

– Vous êtes sur une propriété privée ! tonna-t-il dans le haut-parleur. Si vous quittez les lieux sur-le-champ, je n'appellerai pas la police.

Il demanda à deux hommes de fixer au portail un panneau « VENDU ».

La femme qui avait aussi visité l'hôtel, Susan, tapa sur l'épaule de M. Richards.

– Vous êtes sûr que c'est une bonne idée ? La propriétaire n'a donné qu'un accord verbal pour l'instant. Ne devrait-on pas attendre que tout soit signé ?

M. Richards écarta ses objections d'un geste de la main.

– Inutile. C'est comme si c'était fait.

Mark, Tom, Jack et Oscar apparurent sur le côté de l'hôtel, leurs instruments à la main. Ils passèrent par le trou dans les planches.

– Allez, dépêchez-vous de sortir, leur intima M. Richards, qui se retourna vers les autres personnes présentes. Que tout soit bien clair : c'est maintenant MegaMart qui possède les lieux !

Bob applaudit avec ferveur, suivi par quelques autres, et bientôt, presque toute l'assistance battit des mains. Amy vit M. Richards chuchoter quelque chose à Lucas d'un air glacial, et à son tour Lucas tapa deux ou trois fois dans ses mains, sans conviction.

Amy ne supporta pas de regarder cette scène une minute de plus. Elle se faufila dans la foule et interpella l'intrus :

– Dites donc, Monsieur Richards, j'ai une question à vous poser. Où étiez-vous pendant l'incendie du Buttercup Café ?

L'espace d'une seconde, celui-ci eut l'air décontenancé. Était-ce de la peur qui se lisait sur son visage ? En tout cas, il se reprit vite et lui lança un regard dur.

– Je n'aime pas ces insinuations, Mademoiselle. La diffamation est un délit, vous êtes au courant ? Mais si vous voulez savoir, ajouta-t-il avec une tape dans le dos de son fils, j'aidais Lucas à faire ses maths. Pas vrai, fiston ?

Lucas acquiesça sans regarder Amy. Disait-il la vérité ? Comment prouver le contraire ? Elle était certaine de l'avoir vu ce soir-là, mais ce serait toujours sa parole contre celle du propriétaire de MegaMart. En plus, il y avait une caisse de champagne qui attendait à côté du portail. M. Richards et ses acolytes n'allaient pas se priver de fêter leur victoire. C'était exaspérant ! Elle se sentait comme un volcan prêt à entrer en éruption. Elle se raisonna : crier n'allait pas l'aider à avoir gain de cause. Elle s'apprêtait à tourner les talons, quand elle s'aperçut que les badauds la regardaient. Il fallait tenter quelque chose pour sauver l'hôtel. Avant d'avoir réfléchi à un plan, elle monta sur la caisse de champagne et claironna :

– L'hôtel Summertime est un lieu spécial. Il a tout pour lui : l'histoire, la classe, des pièces à n'en plus finir, remplies de vieux objets hyper-intéressants... Il a représenté beaucoup pour Foxwood par le passé, et maintenant, il représente beaucoup pour mes amis et moi. Dans ce village, il n'y a nulle part où aller pour les jeunes, et pourquoi ? Parce que M. Richards a acheté les terrains de sport. (Elle reprit son souffle.) Maintenant, il veut faire la même chose avec l'endroit où on pouvait se retrouver. Eh bien, on ne va pas se laisser faire ! On trouvera un moyen de le garder !

Callum, Mark et les autres garçons l'applaudirent.

— Vas-y, Amy ! cria Tanya.

Le reste de l'assistance garda le silence. Enfin, M. Richards leva les mains pour applaudir lentement.

— Mais oui, bravo, ironisa-t-il. Quelle performance intéressante. Maintenant, je vous donne une demi-heure pour virer votre bric-à-brac de ce bâtiment. Ensuite, on abat le Summertime.

— En fait, nous allons continuer à nous retrouver ici jusqu'au dernier moment. Nous avons la permission de la propriétaire, et jusqu'à la signature, cet hôtel n'est pas à vous.

La tête haute, Amy passa par l'espace entre les planches, suivie de ses amis. Submergée d'émotion en contournant l'hôtel, elle fut prise d'un léger vertige.

— C'était génial, Amy ! s'écria Callum en lui tapant sur l'épaule.

Amy s'essuya les yeux.

— Ça n'a pas servi à grand-chose, je pense. Lottie va bien devoir signer l'acte de vente à un moment ou à un autre. Et là, ce sera terminé.

Ils avaient atteint la porte de derrière de l'hôtel et s'apprêtaient à entrer, quand ils entendirent un cri.

— Attendez ! disait Lucas.

Callum lui lança un regard mauvais.

– Tu viens faire le malin ?

Lucas lui renvoya un regard noir.

– Non. Je ne savais pas... Enfin, je pensais pas...

Il se passa la main dans les cheveux, formant plusieurs épis blonds.

– Quoi ? Que tout était de la faute de ton père ?

Lucas regarda le ciel gris et déglutit. Il avait l'air de lutter pour taire quelque chose. Il n'avait pas eu l'air particulièrement enthousiaste tout à l'heure, au portail. Cela avait peut-être un rapport ? Encore une fois, Amy ressentit un élan de sympathie pour lui. Avoir M. Richards pour père, ça devait être absolument atroce.

Enfin, Lucas les regarda à nouveau.

– J'ai parlé à mon père de vos réunions à l'hôtel. Quelques jours plus tard, il s'est mis à parler de l'acheter et de le démolir... Je me suis dit que c'était peut-être à cause de moi qu'il avait eu l'idée, alors... Je suis désolé, OK ?

– Tel père, tel fils, gronda Tanya. J'aurais dû deviner que tout venait de toi ! Il est trop tard pour t'excuser. On ne veut pas de toi ici.

– Hé, attends un peu, intervint Amy. M. Richards reste le père de Lucas, quoi qu'il ait fait. Ça doit demander beaucoup de courage de s'opposer à sa volonté.

Tanya croisa les bras sans rien dire.

– Écoute, Lucas, si tu as envie de venir à l'hôtel, tu es le bienvenu, poursuivit Amy. Aucun de nous ne pourra en profiter beaucoup plus longtemps.

Lucas haussa les épaules, mais Amy eut l'impression qu'il avait l'air un peu content.

Callum ouvrit la porte.

– Allez, il faut se donner le mot.

Un par un, ils entrèrent dans l'hôtel. Lucas resta un moment dehors, mains dans les poches, puis se décida à les imiter. « Au moins, il commence à se lâcher », pensa Amy. Bien entendu, M. Richards n'écouterait pas plus son fils que son discours de tout à l'heure. Ils allaient perdre l'hôtel pour toujours, et elle n'avait vraiment aucune idée de ce qu'elle pouvait faire pour l'empêcher.

– Au revoir, hôtel Summertime, marmonna Tanya.

Elle posta le message qu'ils avaient composé pour le site de Foxwood annonçant que l'hôtel allait être démoli. Ils se trouvaient dans la salle de bal, où Callum était affalé dans un coin sur un fauteuil poire, la capuche de son sweat rabattue sur la tête. Lucas tripotait son téléphone à côté de la fenêtre. De l'autre côté, Mark et son groupe répétaient un morceau aux accents mélancoliques qui emplissaient la pièce. Amy poussa un soupir. Elle avait tourné et retourné le problème dans sa tête, mais ne trouvait aucune solution pour sauver l'hôtel.

La porte battante s'ouvrit, et elle se redressa.

– On a vu le message, expliqua Chloé, qui arrivait avec Olivia.

– On voulait juste venir passer un moment ici, ajouta sa sœur. En profiter au maximum tant qu'on peut.

Pendant les heures qui suivirent, d'autres jeunes arrivèrent à leur tour. D'habitude, tout le monde s'éparpillait dans l'hôtel, mais cette fois-ci, ils restèrent rassemblés dans la salle de bal. Le soir venu, c'était bondé. Quel moment agréable et horrible à la fois. « Ils sont tous venus faire leurs adieux », pensa Amy.

– C'est bizarre, hein ? lui dit Callum, qui avait enfin émergé de son état comateux. De penser qu'on ne se retrouvera peut-être jamais tous ici ?

– Tu l'as dit.

Tout à coup, il sourit et sortit un ballon de foot de derrière son dos.

– Quelqu'un l'a apporté, et ça m'a fait penser... On ne peut pas laisser M. Richards fermer l'hôtel sans avoir disputé un seul match, quand même !

Amy parvint à sourire en retour.

– T'as raison. C'est parti !

17

— Et elle marque ! cria Callum, qui gardait les buts à l'autre bout de la salle de bal.

Amy venait d'envoyer une tête qui était passée juste à côté du goal de l'équipe adverse, entre ses doigts tendus et le poteau matérialisé par des chaises empilées.

Elle n'en pouvait plus d'enthousiasme. Ses coéquipiers s'amassèrent autour d'elle pour une grande étreinte triomphale, et les spectateurs poussèrent des hourrahs. « Callum avait raison, pensa-t-elle. Si on doit perdre l'hôtel, autant partir en beauté. »

Amy renvoya la balle au centre. Lucas, qui était dans l'équipe adverse, l'arrêta d'un joli blocage. Il la remit en jeu, et Mark intercepta son tir.

— Allez ! cria Amy.

Elle avait l'impression de flotter. Elle savait que le foot lui manquait, mais elle n'avait pas réalisé à quel point. Il n'y avait rien de comparable.

— Amy ! Amy !

Elle se tourna en direction des cris. C'était une grande rousse aux cheveux lisses sur la touche. Amy alla la trouver.

– Bonjour, je m'appelle Sam, se présenta la fille. C'est Tanya qui m'a dit qui tu étais. Je ne veux pas interrompre ta partie, mais ma mère est devant l'hôtel. Elle est mécanicienne au garage de la ville. On a vu votre demande pour Troc en stock, et elle avait envie d'aider.

– Ah, génial ! s'exclama Amy, qui appela Lucas. Voilà le propriétaire de la mobylette. Lucas, tu te souviens que je voulais faire réparer ton engin ? Ben voilà, ça va se faire !

– Il serait temps, grommela le garçon.

Amy demanda à Tom et Oscar de les remplacer pour le restant du match, et partit à l'extérieur avec Sam et Lucas. Au passage, ils récupérèrent la mobylette à la cave, où l'avait laissée Amy, car il n'y avait pas de place pour la garder à Apple Cottage. La mère de Sam les attendait dans l'allée. Vêtue d'une combinaison tachée de graisse, elle avait une grosse caisse à outils à ses pieds. Lucas gara la mobylette à côté d'elle. En la regardant, elle poussa un petit sifflement.

– Ces vitesses n'ont pas l'air au mieux de leur forme. Houlà, les freins non plus. Et ce pneu arrière a connu des jours meilleurs. Elle s'est fait maltraiter, cette bécane, non ?

– Pas du tout, répondit Lucas du tac au tac.

« Tu parles », pensa Amy.

La mère de Sam trouva la clé qu'elle voulait dans sa boîte et se mit au travail. Lucas regardait avec intérêt et lui passait les outils qu'elle demandait, posant parfois des questions. « Il l'aime vraiment, sa pétrolette, se dit Amy, étonnée. Assez pour être sympa, pour une fois. »

– Tu n'es pas d'ici, je suppose ? demanda Sam à Amy. Le village est tellement petit qu'on se serait forcément vues à un moment ou à un autre.

– Je suis là pour l'été, répondit Amy. La nouvelle femme de mon père est originaire d'ici, alors je viendrai souvent, maintenant.

Stupéfaite, elle constata qu'elle était déjà impatiente de revenir à Foxwood. Elle n'aurait jamais cru ça il y a encore quelques jours !

– C'est super, ce que vous avez fait dans l'hôtel, dit Sam. Dommage qu'il soit revendu. On ne peut rien faire pour le sauver ?

Amy poussa un soupir.

– Crois-moi, je ne pense qu'à ça, mais je n'ai trouvé aucun moyen.

La mère de Sam se releva.

– Bon, on a tout essayé, mais il y aurait plus de choses à remplacer qu'à laisser dans cette mobylette. Je suis désolée, Lucas. Elle ne vaut plus que pour les pièces, j'en ai bien peur.

« Oh non », se dit Amy. Alors finalement, elle n'avait pas réussi à tenir sa promesse envers Lucas. Au secours, comment allait-il réagir ?

– Merci d'avoir essayé, répondit-elle aussitôt. C'est très gentil à vous, n'est-ce pas, Lucas ?

À son soulagement, il se contenta d'un de ses haussements d'épaules caractéristiques.

– Bof, c'est une ruine, ce truc. Personne n'y peut rien.

– Désolée que ça n'ait pas marché, lui dit Amy.

– Je savais bien que t'y arriverais pas.

Il saisit le guidon et entreprit de partir vers le portail.

– Attends ! le rappela la mère de Sam. Je veux bien te la prendre pour les pièces.

Luca s'arrêta.

Sam lui montra un skateboard qu'elle avait laissé contre le mur.

– J'en ai deux dans ce genre à la maison. Un échange mobylette contre skate, ça t'intéresse ?

Lucas prit la planche et la retourna pour l'inspecter sous tous les angles.

– J'ai l'habitude d'aller vraiment vite.

Il reposa le skateboard à terre et y posa un pied, l'air de rien.

– Mais bon, c'est mieux que rien. Je pourrais l'utiliser avant de trouver plus rapide.

Amy rayonnait. Au bout du compte, le Troc en stock avait fonctionné ! Elle n'avait peut-être pas réussi à faire réparer la mobylette, mais c'était la meilleure solution de repli.

– Alors, c'est réglé, conclut la mécanicienne.

Sam l'aida à transporter la mobylette jusqu'à sa camionnette, garée devant le portail. Amy leur adressa un signe d'adieu. Quand elle se retourna, Lucas s'essayait au skateboard. Il donna une impulsion vers l'avant, mais sur l'allée un peu en pente, la planche prit rapidement de la vitesse. Il étendit les bras et fit de grands moulinets frénétiques, mais la planche s'inclina vers le sol et il en bondit avec un cri, atterrissant sur les genoux.

Amy ne put s'empêcher de rire.

– Finalement, c'est largement assez rapide pour toi !

Lucas se remit debout et rattrapa la planche. Pour la première fois, il adressa à Amy un vrai sourire.

– Trop facile, déclara-t-il.

– Si tu le dis.

Elle repensa à la meilleure skateuse qu'elle ait jamais vue, sa mèche rose se confondant avec le reste de ses cheveux sous l'effet de la vitesse. Une idée lui vint.

— Tiens, Buzz l'Éclair, je connais quelqu'un qui pourrait t'aider à apprivoiser la bête. Mais il me faudrait quelque chose en retour.

— Euh, je crois pas, là. La dernière fois que tu m'as proposé quelque chose, ma mobylette a reçu un aller simple pour le cimetière des deux-roues.

— Oui, et à la place, tu as eu un quatre-roues que tu ne sais pas manier.

— Bon, alors c'est quoi ?

— Ton père a bien engagé un détective privé pour rechercher Lottie ?

— Sans doute, fit Lucas, qui ne s'y attendait pas. Ça lui arrive souvent. Pourquoi ?

— J'aurais vraiment besoin de voir le rapport qu'il a fait à son sujet. J'essaie de retrouver quelqu'un qu'elle a connu, mais pour l'instant, je n'arrive à rien. Tu pourrais te le procurer, tu crois ?

— Oh, oui, fit Lucas d'un ton désinvolte. Il doit être dans le bureau de papa. *No problemo*, j'y vais au moins deux fois par mois, même s'il me le défend.

Bizarrement, Amy ne fut pas surprise. Il ramassa la planche à roulettes et demanda :

— Alors, cette initiation au skate ?

Eva se tenait à la porte d'entrée, les bras croisés.

— Tu peux m'expliquer pourquoi tu amènes Lucas Richards chez moi ?

Amy jeta un regard vers le garçon, qui donnait des coups de pied dans un caillou sur la route. Elle lui avait demandé d'attendre sur le trottoir, pour ne pas courir le risque qu'il voie la mère d'Eva. Celle-ci avait été suffisamment horrifiée qu'elle rencontre Amy, Callum et Tanya. Lucas était d'une bonne humeur surprenante, sachant qu'il avait dû dire adieu à sa mobylette, mais il y avait tout de même trop de possibilités qu'il fasse un commentaire idiot. Lucas restait lui-même.

— Eva, le village a besoin de ton aide, commença Amy. Nous avons une urgence. Lucas a fait l'acquisition d'un skate.

— Et alors ?

— Tu as vu comment il se débrouillait sur une mobylette ? Il était éjecté toutes les cinq minutes. Alors là, on dirait un poulpe sur un tricycle.

Eva avait encore les sourcils froncés, mais l'ombre d'un sourire se dessina sur ses lèvres.

Amy lança à Eva son regard le plus suppliant.

— Sans toi, ça va être un carnage. Il ternira la réputation de tous les skateurs à des kilomètres à la ronde.

– C'est bon, c'est bon, soupira Eva. Si tu le présentes comme ça... Je peux lui montrer les bases. Après, est-ce qu'il saisira la façon de s'y prendre, c'est pas dit.

« C'est gagné ! » Soulagée, Amy suivit Eva jusqu'à la route.

– Alors, montre-moi ce que tu sais faire, lança Eva.

Lucas carra la mâchoire d'un air très assuré. Il laissa tomber son skateboard sur le bitume.

– Mesdemoiselles, préparez-vous à un cours magistral. Vous allez assister à une performance de malade, à des challenges de...

– Bon, tu t'y mets ? l'interrompit Amy.

– Tenir debout sur un skate, c'est pour les losers, décréta Lucas. Voici comment les plus doués se déplacent.

Sans avertir, il s'allongea dos sur la planche et se mit à agiter ses longues jambes devant lui tout en avançant sur la route à la force des bras. Le skateboard se déplaçait lentement, de façon insolite. Amy ne put s'empêcher de laisser échapper un énorme rire. À côté d'elle, Eva fut aussi prise d'un fou rire. L'étrange trajet de Lucas se termina quand sa planche heurta le trottoir. Il se redressa pour s'étaler de tout son long sur la route, contaminé à son tour.

— C'est officiel. Je suis complètement nul au skate, déclara-t-il entre deux éclats de rire.

Eva s'essuya les yeux du revers de la manche.

— Lucas, tu as besoin d'aide, et pas seulement pour apprendre le skate. Mais on va commencer par là.

— L'allée de l'hôtel, ce serait pratique pour s'entraîner, proposa Amy.

Mais Eva regarda vers sa maison d'un air entendu.

— Je ne peux pas laisser ma mère ce soir, dit-elle à voix basse pendant que Lucas se relevait. Je vais lui montrer des choses ici. Peut-être une autre fois.

— Tu sais où on est si tu changes d'avis. Merci beaucoup, Eva. Vraiment.

Quand Amy retourna à l'hôtel, la nuit tombait. Elle entra par le passage habituel, ses pas sonores sur le gravier. Depuis l'intérieur, on entendait de la musique et des voix dans les jardins. Amy regarda le bâtiment, avec ses grands rectangles de lumière où se détachaient des silhouettes noires. « Si seulement on pouvait garder le Summertime pour toujours. » Elle sursauta quand un animal noir voleta devant elle selon une trajectoire plongeante un peu étrange. Une autre forme le suivit, puis une autre, dans le ciel sombre.

— Salut, les chauves-souris, murmura-t-elle.

Quel plaisir de les revoir ! C'était l'une des premières choses qu'elle ait vues à l'hôtel Summertime, à sa toute première visite. Elle envoya un message à Tanya : *Paradis des amoureux de faune droit devant. Apporte ton appareil.*

Quelques minutes plus tard, Tanya arriva avec Callum.

– Bonsoir, les petites, les salua Callum en tournant la tête pour les regarder agiter les ailes.

– Ce qu'elles sont belles, dit Tanya.

Les yeux brillants, elle leva l'objectif pour capturer l'une des créatures en plein vol.

– Je vais peut-être réussir à prendre un bon cliché pour ma page Tumblr.

Amy remarqua que de temps à autre, une chauve-souris volait en direction de l'hôtel, puis y disparaissait. « Bizarre... » Elle s'approcha du bâtiment, et constata qu'on les perdait de vue à partir de la fenêtre du premier étage. Elle pointa du doigt cet endroit.

– Vous pensez qu'elles vont à l'intérieur ?

– Ça arrive que les chauves-souris nichent dans des vieux bâtiments, dit Tanya.

Callum comptait les fenêtres.

– C'est à la bibliothèque qu'elles vont. Allons voir !

Tous les autres enfants étaient encore au match de foot dans la salle de bal, aussi la librairie était-elle silencieuse et plongée dans l'obscurité. Lottie avait fait remettre l'électricité une fois que l'expert avait confirmé la sécurité dans le bâtiment, mais ils n'allumèrent pas pour éviter d'effrayer les chauves-souris. Amy se contenta d'éclairer à l'aide de son téléphone, et les autres l'imitèrent. « Encore une sensation de déjà-vu », pensa-t-elle.

Tanya balaya le plafond du faisceau de son portable.

– Je crois qu'on les a perdus. Elles ont dû nous entendre arriver.

Amy promena elle aussi son téléphone, et le petit rai de lumière éclaira le bureau avec son faux flacon d'encre...

– Le passage secret ! s'écria-t-elle.

Comment avaient-ils pu oublier ? Le cœur battant, elle tourna le flacon. Un craquement accompagné de tintements métalliques résonna, puis les étagères s'ouvrirent. Tous les trois éclairèrent l'intérieur.

– Les traces, dit Tanya au moment où ils illuminaient les coulées brunâtres sur le mur. C'est pour ça qu'elles sont en hauteur ! C'est de la crotte de chauve-souris !

– Il doit y avoir un espace dans un rayonnage pour qu'elles arrivent à passer, chuchota Amy.

Parlant à voix basse, ils s'avancèrent dans le passage.

– Quand j'étais coincé là, l'autre jour, c'était sans issue, les informa Callum. S'il y avait eu une horde de chauves-souris accrochées au plafond, je crois que je l'aurais remarqué ! Mais il y a peut-être une autre partie du passage que je n'ai pas vue.

Ils s'éclairaient avec leurs téléphones tout en progressant, espérant repérer où se rendaient les petits mammifères. Celui d'Amy éclaira un trou dans le sol, juste assez grand pour qu'un humain puisse y passer.

– Par là, chuchota-t-elle en s'y introduisant.

Ils débouchèrent dans un tunnel. Les murs du passage précédent étaient encore lisses, mais ici, ils étaient couverts de tuyaux et de fils électriques. « C'est comme si on voyait le squelette de l'hôtel », se dit Amy avec un frisson.

– Encore plus de crottes, annonça Tanya. Ce doit être la bonne voie.

Devant Amy, Callum s'arrêta sans prévenir, et elle lui rentra dedans.

– Qu'est-ce qu'il y a ? demanda-t-elle.

– Écoutez !

Au-dessus d'eux, on entendait un bruissement, qui ressemblait beaucoup à de nombreuses paires d'ailes épaisses. Ils se regardèrent d'un air triomphant.

— On approche !

Tanya avança un peu, puis heurta quelque chose dans un bruit métallique.

— Aïe !

— Ça va ?

— Oui, mais il y a une échelle fixée au mur, ici !

Amy et Callum vinrent regarder.

— On y va ? demanda Amy en plaçant le pied sur le premier barreau.

— Oh, oui ! s'écrièrent Tanya et Callum en chœur.

Amy commença son ascension. L'échelle devait s'élever à cinq mètres au-dessus du sol. Tanya la suivit, ainsi que Callum. En haut se trouvait une ouverture d'environ un mètre carré, à moitié couverte d'une grille. Elle la poussa de côté, puis passa et put se mettre debout.

Bouche bée, elle regarda autour d'elle. Elle se trouvait dans le grenier de l'hôtel. Sous les pentes du toit nichaient des centaines de chauves-souris. Certaines d'entre elles étaient suffisamment proches pour qu'Amy puisse distinguer la fourrure sur leur corps, de la taille de sa paume de main, les longues oreilles perchées derrière leur tête, et les ailes délicates munies de minuscules griffes aux jointures. La plupart étaient suspendues aux poutres, certaines avec des bébés accrochés dans le dos.

Tanya et Callum étaient arrivés à leur tour. Ils découvrirent le spectacle en ouvrant de grands yeux. Même si la plupart des petits mammifères étaient en suspension, le mouvement était constant sur les poutres, car certains partaient, d'autres revenaient et passaient par-dessus les murs. Elles semblaient utiliser les sorties du grenier lui-même, mais deux ou trois empruntaient la trappe que les amis avaient utilisée.

Tanya leva son appareil photo et appuya avec fébrilité sur le déclencheur. Elle ne prit pas que les chauves-souris, mais cribla tout le grenier. Après quelques minutes, le visage rayonnant, elle désigna l'échelle du doigt. Elle passa la première, suivie de Callum. Amy passa la dernière et jeta un dernier regard aux animaux avant de déplacer la grille pour couvrir presque entièrement l'ouverture, comme elle l'avait trouvée, puis descendit l'échelle.

– Retournons dans la bibliothèque, chuchota Tanya sans reprendre son souffle. J'ai un truc à vous dire !

Ils se hâtèrent dans le tunnel, puis dans le passage secret. Une fois qu'ils furent tous dans la pièce, Amy tourna le flacon d'encre et la bibliothèque se remit en place.

– Alors ? demanda Callum à Tanya.

Les yeux brillants, celle-ci était radieuse.

– L'hôtel est hors de danger ! cria-t-elle.

– Ah bon ? s'étonna Amy. Comment ça ?

– Grâce aux chauves-souris. Vous avez vu leurs longues oreilles ? Ce sont des oreillards gris : l'une des espèces les plus rares de mammifères dans le pays. Tellement rare, en fait, que leur habitat est protégé par la loi.

Tanya désigna leur appareil d'un geste triomphal avant de poursuivre :

– Et nous avons la preuve que toute une colonie vit ici.

Enfin, Amy comprit. Elle poussa un cri de joie.

– Ce qui veut dire que M. Richards n'aura pas le droit de détruire l'hôtel ! Oh, c'est génial. Le Summertime est sauvé !

18

Quand Amy arriva à l'hôtel le lendemain après-midi, M. Richards était à nouveau au portail, occupé à élaborer un discours devant ses partenaires de travail et une grande assemblée d'habitants de Foxwood. « Plus pour longtemps », pensa Amy. Elle était impatiente d'assister à ce moment.

– Le MegaMart va transformer ce village qui vit dans le passé, disait-il. Modernisation et esprit d'entreprise, voilà les clés de ma vision pour l'avenir de Foxwood.

Amy se tourna vers les deux personnes qu'elle avait amenées avec elles : un homme à lunettes et une femme en robe élégante et talons hauts.

– Allons-y, leur chuchota-t-elle.

Elle se fraya un chemin dans la foule, et les deux adultes la suivirent.

– L'avenir est devant nous, clama M. Richards. Très bientôt, ce terrain nous appartiendra et la démolition pourra débuter. L'avenir commence ici. L'avenir est dans MegaMart !

Il y eut quelques huées dans la foule, mais elles furent étouffées par les acclamations des amis de M. Richards. Amy s'avança face à lui.

– Encore vous ? s'étrangla-t-il, le regard furieux. Je croyais m'être bien fait comprendre hier.

– Moi aussi, rétorqua Amy. J'ai dit que je continuerais à essayer de sauver l'hôtel, vous vous souvenez ?

S'efforçant de masquer son trac, elle se tourna vers la foule.

– Un petit instant, s'il vous plaît ! dit-elle avec un geste vers ses deux compagnons. Je vous demande d'écouter M. Griffiths de la mairie et Mlle White, la notaire de la propriétaire.

Un murmure se répandit dans l'assistance. M. Griffiths leva une feuille de papier.

– On m'a signalé que ce bâtiment avait une spécificité, commença-t-il.

– C'est une ruine ! intervint sèchement M. Richards.

– Je vous prierais de ne pas m'interrompre, repartit M. Griffiths avec une politesse glaciale. On m'a apporté des preuves qu'une colonie d'oreillards gris vivait sous les toits. Ainsi que M. Richards le sait, poursuivit-il d'un air entendu, cette espèce de chauve-souris est protégée. La loi interdit de détruire leur habitat. Je suis donc au regret de vous annoncer que le permis de démolir ne sera pas délivré par la mairie.

On entendit des « oh » et des « ah » dans la foule, et M. Richards pâlit. Amy ne put s'empêcher de sourire. Dès leur retour à Apple Cottage la veille au soir, elle et Tanya avaient parlé des oreillards à Pat et John. Pat avait appelé la mairie à la première heure le matin, et un garde forestier était venu avec le responsable de la commission petits mammifères. Il avait confirmé qu'il s'agissait d'une variété protégée.

Mlle White leva la main pour obtenir le silence.

– Par ailleurs, ma cliente, propriétaire de l'hôtel Summertime, a décidé de ne pas vendre. Elle ne signera pas le contrat prévu.

La rage tordit les traits de M. Richards. Une grosse veine se mit à palpiter sur son front et son visage vira au pourpre.

– À qui pensez-vous avoir affaire ? s'indigna-t-il. Vous ne pouvez pas agir ainsi !

– Si, je peux ! cria une autre voix, un peu rauque, à l'arrière de la foule.

Les spectateurs s'écartèrent pour que Callum puisse pousser Lottie vers l'avant dans son fauteuil roulant. Il y eut encore des exclamations et des murmures quand les gens comprirent qui était la propriétaire du Summertime. Lottie levait elle aussi un bout de papier, qu'elle brandit devant M. Richards.

— J'ai réfléchi longuement à votre offre, déclara-t-elle. Et voici ce que j'en pense.

Elle déchira le papier en deux en un geste victorieux, et jeta les morceaux en l'air.

— Pour moi, cet hôtel représente plus que de l'argent, poursuivit-elle. Il devrait être aimé et non démoli. Je préfère être sans le sou plutôt que de vous voir mettre tous les enfants à la porte et transformer cet endroit en un supermarché sans âme !

Dans la foule, quelqu'un commença à applaudir. Bientôt, les applaudissements enflèrent, jusqu'à prendre des proportions gigantesques. Callum poussa un grand sifflement, et Tanya à côté cria des hourra. Amy vit des larmes dans les yeux de Lottie... et en versa quelques-unes de son côté !

M. Richards sortit de la foule, suivi de Bob et Susan.

— Ne crois pas que je vais oublier, lança-t-il à Amy au passage.

— Moi non plus ! répliqua la jeune fille.

Si Richards était le responsable de l'incendie, cela ne lui avait quand même pas apporté ce qu'il désirait. « Bien fait pour lui », pensa-t-elle en se dirigeant vers Lottie.

— Et maintenant ? demanda-t-elle.

– Il y a pire que d'être pauvre, répondit la vieille dame. Je suis en bonne santé et j'ai des amis. Tout va s'arranger, tu vas voir !

– Il était temps, je meurs de faim, grommela Lucas, qui entretenait le feu de barbecue.

Malgré l'attitude qu'il affichait, il souriait à Amy, Tanya et Callum qui s'avançaient vers lui avec leurs sacs de courses.

– Des hamburgers, des burgers végétariens, et on a raflé toutes les saucisses du magasin du village, annonça Amy en les sortant. Que la fête commence !

– Elle est déjà bien engagée, fit remarquer Callum.

Une semaine avait passé depuis que Lottie avait déchiré l'offre de M. Richards, et l'hôtel Summertime était plein, prêt à un barbecue pour célébrer l'événement. Le terrain envahi d'herbes folles avait été transformé en pelouses disciplinées, grâce à un ami de Pat et John qui était jardinier. Des groupes de jeunes se faisaient des passes ou paressaient au soleil de l'après-midi. Une partie de cricket se jouait dans l'allée, et Amy sourit en voyant Thomas et d'autres enfants s'envoyer un Frisbee.

Mark rejoignit Lucas au grill. « Ouf, Lucas tout seul avec des flammes, ça n'inspirait pas confiance. » Avec Tanya et Callum, Amy alla disposer des assiettes en papier, du ketchup et des canettes de boisson sur une grande planche qu'ils avaient sortie et posée sur des tréteaux. Tout en empilant des couverts en plastique en plusieurs endroits, Amy aperçut du coin de l'œil la fresque que Lucas avait réalisée à la bombe sur un abri de jardin en perdition. Les briques étaient maintenant couvertes d'images surréalistes de l'hôtel, de chauves-souris et de ballons de foot, le tout en couleurs fluo. Personne n'avait été étonné que Lucas soit en possession de bombes de peinture – Amy avait entendu Pat marmonner à propos des graffitis qu'on trouvait parfois dans le village – mais Amy et ses amis avaient été surpris qu'il ait autant de talent pour s'en servir.

— Il est plein de surprises, commenta Amy. J'ai du mal à croire que je dis ça, mais je commence à m'habituer à lui.

— Pas mal, son œuvre, hein ? approuva Callum.

À cet instant, un homme âgé ouvrit le portail, maintenant réparé, et s'avança dans l'allée, un bouquet de roses à la main. Vêtu d'un costume de lin beige, il portait un chapeau mou en paille.

— C'est lui ! s'écria Tanya. Il a pu venir !

Lucas avait tenu parole pour le marché passé avec Amy, et quelques jours plus tôt, il était arrivé à Apple Cottage avec le dossier du détective privé sur Lottie.

– Papa a le même mot de passe pour tout, avait-il expliqué à Amy. C'était trop facile de regarder dans son coffre-fort.

Les renseignements comprenaient quelques détails concernant Edward, qui vivait dans un village tout près de là. Après quelques recherches sur Internet, Amy avait déniché le numéro de téléphone du cercle de poésie qu'il présidait. Il avait tout de suite été d'accord pour venir voir Lottie. Au téléphone, elle l'avait trouvé très ému, et elle le soupçonnait de ne jamais avoir vraiment tourné la page, lui non plus.

Les amis se hâtèrent d'aller à sa rencontre.

– C'est merveilleux d'être de retour ici, déclara Edward en regardant autour de lui. Chaque fois que je suis venu, il y avait une fête qui battait son plein !

– Lottie est à l'abri de piscine, lui dit Amy. Est-ce qu'on...

Ils emmenèrent Edward dans l'ombre des arbres. Leur priorité au cours de la semaine passée avait été d'aménager l'abri de piscine en une nouvelle demeure pour Lottie. Chacun avait mis du sien pour repeindre et ranger, et grâce au Troc en stock, ils avaient pu la meubler. Une entreprise du coin était engagée pour prochainement nettoyer la piscine et poser un filtre, sans les faire payer. Lottie comptait l'ouvrir au public. Sans le café, elle avait besoin de quelque chose à gérer pour se changer les idées.

Installée sur une chaise longue à côté de la piscine, elle étendait sa jambe bandée. En les voyant, elle poussa une exclamation et porta la main à sa bouche.

– Edward !

Elle prit sa canne et se remit cahin-caha sur ses pieds.

– Charlotte, fit Edward, la voix empreinte d'émotion, en lui présentant son bouquet. Vous êtes splendide. Vous l'avez toujours été.

– Quel plaisir de vous revoir, s'extasia Lottie, rayonnante. Ce sont ces enfants qui m'ont montré votre lettre, vous savez. Je ne l'avais jamais reçue... Mais voilà, après toutes ces années, je suis là, au bord de la piscine.

– Avec seulement quelques décennies de retard, commenta Edward, qui lui prit la main, puis l'étreignit avec force.

Elle rit, et Amy soupira.

– Comme c'est romantique !

Parmi tous leurs accomplissements à l'hôtel Summertime, c'était retrouver Edward pour Lottie qui lui procurait le plus de fierté. Callum se tortilla, un peu gêné.

– Je crois qu'on devrait les laisser seuls, chuchota-t-il. Allons manger un bout, avant que Lucas n'ait tout englouti.

Au barbecue, il y avait beaucoup de monde. Mark leur tendit un hamburger fumant et Amy alla chercher trois canettes de Coca. Ils s'assirent sur la pelouse à côté du portail, face à l'hôtel. Amy regarda Callum et Tanya avec bonheur. Dire qu'elle était si malheureuse quand elle était arrivée, si chamboulée par les changements dans sa famille...

Ces derniers jours, elle avait tout juste eu le temps de penser à sa vie à Londres. Elle avait été bien trop occupée à s'amuser. C'était encore étrange de considérer Tanya comme une nouvelle sœur, mais en tout cas, elle était son amie désormais. « Et c'est un super début », pensa-t-elle. Peut-être Lottie avait-elle raison : tout allait finir par s'arranger.

– Portons un toast, proposa Callum en levant sa canette. À l'hôtel Summertime et à tous ceux qui y ont fait la fête, dans le passé et maintenant. Et n'oublions pas nos amies les chauves-souris !

– Aux chauves-souris ! s'écrièrent-ils en chœur, levant leurs boissons.

Amy trinqua avec Callum et Tanya.

– Au meilleur été de ma vie !

À suivre...

Dépôt légal : juin 2014
N° d'édition : L.01EJEN001115.A003
Loi n° 49-956 du 16 juillet 1949
sur les publications destinées à la jeunesse